Diogenes Taschenbuch 21689

W0087497

Wolf Wondratschek

Früher begann der Tag mit einer Schußwunde

Ein Bauer zeugt mit einer Bäuerin einen Bauernjungen, der unbedingt Knecht werden will

Diogenes

Die Erstausgaben erschienen 1969 (Schußwunde)
und 1970 (Bauernjunge)
Umschlagillustration:
Neil Jenney, ›Girl and Doll‹ 1969,
(acrylic on canvas)
Courtesy Thomas Ammann, Zürich

Veröffentlicht als Diogenes Taschenbuch, 1989
Lizenzausgabe mit freundlicher Genehmigung des
Carl Hanser Verlages München Wien
Copyright © 1970 Carl Hanser Verlag München Wien
Alle Rechte an dieser Ausgabe 1989 by
Diogenes Verlag AG Zürich
60/89/36/1
ISBN 3 257 21698 0

Inhalt

Früher begann
der Tag mit einer
Schußwunde

Einen Satz sagen. Einen Satz erzählen. Es gibt Sätze, die sich nicht mit einem Satz sagen lassen.

Zum Beispiel.
Wenn eine italienische Fußballmannschaft in einem großen,
internationalen Spiel gewinnt, informieren sich die deutschen
Fußballreporter sofort, ob einer der italienischen Spieler deutscher Abstammung ist. Außerdem weisen sie immer wieder
darauf hin, daß verschiedene deutsche Fußballer in Italien sehr
gut fußballspielen.
Wir sind bekannt dafür, daß wir genau wissen, wie das Paradies
aussieht. Möglicherweise liegt es daran, daß wir nie gelernt
haben, richtig zu frühstücken.
Zum Beispiel.
Die deutschen Männerchöre haben ihre Lieder. Adolf Hitler
besaß einen deutschen Schäferhund. Auch in Friedenszeiten
reden wir gern von unseren Soldaten im Einsatz.
Wie in Bonn mitgeteilt wurde, liegt Berlin am Rhein.
Wir glauben fest daran, daß alles so kommen mußte, wie es
kommen mußte. Und darauf sind wir stolz, denn wir haben
noch immer keine Ahnung von unseren Befürchtungen.
Die deutschen Gastwirte freuen sich, wenn sich die Gäste über
den Zweiten Weltkrieg unterhalten. Das fördert den Umsatz.
Nach dem dritten Bier haben die Ausländer Heimweh nach
Heidelberg.
Wir zeigen den Touristen auf einer Landkarte, wo Heidelberg
liegt. Heidelberg sieht auch bei Regenwetter genauso aus, wie
sich die Ausländer Heidelberg bei Sonne vorgestellt haben.
Zum Beispiel.
Die deutsche Nationalhymne hat drei Strophen. Manchmal be-
ginnt sie trotzdem mit der ersten Strophe. Die Melodie erken-
nen wir an den Trompeten.
An den Rastplätzen der Bundesautobahnen ist Deutschland
sehr schön.
Die meisten deutschen Landstraßen sind so angelegt, daß man
auch bei Höchsttempo die Kirche im Dorf sehen kann. Ordnung muß sein.
Die Angst vor Kommunisten gehört noch immer zu unserer
Erziehung. In der Schule erzählen die Lehrer von Rußland. Sie
erzählen, daß viele Russen unsere Sprache verstehen.
Die Eltern machen den Kindern schwere Sorgen.

In Deutschland, so scheint es, begegnen sich immer nur die falschen Leute. Darin haben wir Übung. Dafür sorgen unsere Gesetze. Wir haben noch nie von unserer Vernunft profitiert. Wir ziehen den schwarzen Anzug vor.

CDU. Vor dem Haus ist der Rasen gemäht. Wohlstand für alle. Weißer gehts nicht. Das ist die Hauptsache.

Wir sind vergeßlich. Nur an unseren Irrtümern ist ein Stück Wahrheit. Aber das will kein Mensch wahrhaben. Wir glauben an ordentliche Verhältnisse, nicht jedoch an politische.

Der Humor ist eine Angelegenheit von Spezialisten. Sie müssen uns im Fernsehen zur Heiterkeit überreden. Aber dann lachen wir Tränen, denn wir wollen auf alle Fälle ernstgenommen werden.

Daß das Ganze nur halb so schlimm sei, diese Rechnung geht hier immer auf. Eines der lustigsten Wörter der deutschen Sprache ist das Wort »Revolution«.

Zum Beispiel.

Wer dieses Land kennenlernen will, der sollte sich auch mit Frisören unterhalten. Sie sind auf eine leidenschaftliche Weise typisch für dieses Land. Zu ihrer Ausbildung gehört viel Wut.

Der Königinmutter geht es gut. Der Königin geht es gut. Dem König geht es gut. Auch den Kindern des Königspaares geht es gut. Deutsche Zeitungen berichten, es herrschen nun wieder normale Verhältnisse in Griechenland.

Wer keiner Partei und keinem Sportverein angehört, gilt hierzulande als Störenfried. Im Schwarzwald grüßen sich Spaziergänger. Auch die Nachbarn haben einen Hund. Wir lesen unter anderem eine Zeitung. Im Beichtstuhl werden die Priester aufgeklärt. Eine deutsche Frau ist keine nackte Frau.

In den Vorgärten der Einfamilienhäuser stehen bunte Gartenzwerge. Unsere Minister sehen sympathisch aus. Wir leben in einer Demokratie, sagt man.

In Zukunft will Deutschland keine Vergangenheit mehr haben. Da wir zuviel Vergangenheit gehabt haben und da wir mit der Vergangenheit nicht fertig geworden sind, haben wir die Vergangenheit ganz abgeschafft. Jetzt geht es uns besser.

Zum Beispiel.

Wir haben genügend Bundespräsidenten. Das Mittelmeer ist wieder eine deutsche Badeanstalt. Es weht kein anderer Wind.

Wir benehmen uns zwar, als verstünde in Deutschland jeder etwas von Otto Hahn, aber ansonsten ist unsere Gleichgültigkeit fast schon ein historischer Zustand.

Ein einziger Flüchtling genügt zur Rechtfertigung unserer politischen Einfallslosigkeit. Die Gleichsetzung von »Germany« und »Bundesrepublik Deutschland« ist mehr als nur ein Übersetzungsfehler.

Weil uns einfache Überlegungen so schwerfallen, vereinfachen wir die Schwierigkeiten.

Zum Beispiel.

Das Unglück bleibt das Privileg der Unglücklichen. Die Arbeit bleibt das Privileg der Arbeiter. Die Politik soll das Privileg der Politiker bleiben, sagt man in Bonn. Aber diese Fortsetzung hat Folgen. Die Pessimisten kritisieren die Optimisten. Und die Optimisten kontrollieren die Pessimisten. So funktioniert bei uns, was wir unter politischem Dialog verstehen. Doch das wird sich bestimmt eines Tages noch deutlicher zeigen als bisher.

Die Deutschen sehen nicht mehr so aus, als würden sie heute noch Maier und Müller heißen. So weit haben wir es inzwischen gebracht. Und diese Illusion nennen wir Fortschritt.

Das ist typisch. Ein schönes Begräbnis ist wichtiger als der Genesungsurlaub in der Schweiz. Auch der kleine Mann auf der Straße ist nicht größer geworden.

Wir sind alle optisch außerordentlich beeinflußbar. Wer hier vor mehr als sechs Mikrophonen spricht, hat selbstverständlich mehr zu sagen als andere. Die besseren Argumente entsprechen der besseren Kleidung. Diese Verwechslungen haben wir gelernt. Wir machen keine Politik. Wir wollen Eindruck machen.

Wir werden nicht müde, einander beweisen zu wollen, daß wir eigentlich gar nicht so sind, wie wir eigentlich sind.

In Deutschland wird die Unzulänglichkeit robust. Wir verstehen keinen Spaß. Die Polizei hilft ihren Freunden. Die Jugend ist ein Risiko, auf das sich die deutsche Bevölkerung nicht mehr einlassen will. Deshalb sprach unsere Regierung von Naturkatastrophen und verabschiedete die Notstandsgesetze.

Wir tragen unser Schicksal wie eine Uniform. Wir applaudieren der Lüge. Bei uns sind auch die Holzwege aus deutscher Eiche. Wir erkennen die Juden schon wieder auf den ersten Blick.

Auf der Sonnenterrasse oder direkt auf der weichen Wolldecke, entweder einen Strohhalm zwischen den Zähnen oder die Filterzigarette, tagsüber mit Brille und vorerst trotz Sonnenöl ein leichter Sonnenbrand im Genick. Solange das keine Bläschen gibt, sagt sie und lächelt radikal. Man muß schon sehr alt sein, um hier nicht wesentlich jünger auszusehen.

Die Männer sprechen of von Routine und Sommerreifen und davon, daß es die Rückfahrt nach Deutschland doch ziemlich erleichtert. Abends noch ein Bier. Die Mädchen wirken dieses Jahr schlanker oder das täuscht. Auf jedem Tisch liegt Möwendreck. Die Frauen sprechen lange von Coca-Cola und anderen Frauen.

Venezia. Venedig. Venice. Basilica della Salute. Es ist kalt hier. Daheim ist es auch schön. Viele Grüße.

Postkarten aus Österreich nimmt keiner mehr ernst. Wandern ist sehr gesund. Die Norddeutschen haben wieder den roten Gummiball dabei.

Der Sonnenschirm neben den Handtüchern und den Taschen macht die Hitze erst richtig komplett. Die Kinder nennen diese Hitze einfach idiotisch.

Sie geht am Strand entlang und sagt, das Meer ist über Nacht größer geworden.

Wenn Du im nächsten Jahr nicht mitkommst, schreibt er, bist Du selbst daran schuld. Er hätte auch schreiben können, der August ist kein Monat und kein Vergnügen, sondern eine Tortur plus Familie. Gestern traf ich einen aus dem Büro, stell Dir vor. Ich bin völlig erledigt.

Die Ebbe macht Spaß. Die Flut macht auch Spaß. Ferien sind ganz einfach. Am Strand entstehen Freundschaften. Die Mädchen liegen da und machen den Sand absolut. Sie hypnotisieren mit ausgestreckten Beinen. Auf dem Bauch brütet die Sonne. Die Männer geben sich fachmännisch.

Der einheimische Bademeister sagt, die Deutschen haben wirklich Talent zum Ertrinken, auf einen Engländer kommen ganz bestimmt sieben Deutsche.

Peter bevorzugt Spanien, weil Spanien an Mexiko erinnert und Mexiko zu weit abseits liegt. Paß auf, sagen die Eltern, paß auf, komm heil zurück und laß von Dir hören. Mal sehen, was sich machen läßt, antwortet Peter. Mexiko ist Mexiko, eigentlich müßte ich ja nach Mexiko fahren. Die Eltern schlagen die Hände über dem Kopf zusammen. Sie wissen, daß eine Postkarte gar nichts beweist.

Weihnachten läßt sich ausdehnen. Die Berge werden fett. Postkarten machen den Leuten etwas weiß. Ein Satz genügt. *Mir geht es gut* genügt sowohl im März wie im August.

Tageszeitungen bekommt man selten am Urlaubsort. Gegen Postkarten muß man sich wehren.

Plötzlich wollen sie alle mit Kirchen, Bauern und Tulpen etwas zu tun haben. Plötzlich schwimmen sie. Plötzlich verlieben sie sich. Ferien dauern meistens drei Wochen.

Ich schreibe über Postkarten und schreibe, daß ich Frauen und Männer habe schwimmen, skifahren, daliegen, trinken, ballspielen und essen sehen; daß sie die Sonne vertragen und ein Auto mit Schneeketten besitzen, daß jeder das Gebirge kennt und daß sie nächstes Jahr bestimmt wieder herkommen wollen, wundert mich nicht. Ich werde schreiben, daß ich nicht verstehe, weshalb es Ärzte gibt.

Postkarten sind praktisch und blau. Wenn es regnet, vergißt man Postkarten schnell.

Also

5 Uhr früh und das Husten der Bauersfrauen.
Siebenprozentiges Gefälle. Geschwindigkeitsbegrenzung. Danach wieder Steigungen. Immer wieder liest man in den Zeitungen Berichte, daß übermüdete belgische Autobusfahrer auf der Autobahn gegen Brückengeländer rasen. Schon der Großvater hieß Paul. Wildwechsel. Dauerregen in Richtung Hamburg. An der Windschutzscheibe zerplatzt ein Vogel. Scheiße. Und mittlerweile wurde es Montag.
Es war einmal. Einige wissen alles besser. Paul heißt Paul; das nenne ich Paul.
Der Parkplatz ist leer. Paul zieht sein Wasser aus der Hose. Die Geheimnisse der Neger sind weiß. Hinter Hannover weiden die Kühe jetzt häufiger.
Auf den Friedhöfen kümmern sich die Leute um frische Blumen. Paul kennt sich aus in dieser Gegend. Schlechte Zeiten sind gute Gesprächsthemen. Auf der Gegenfahrbahn beginnen die Ferien. Die Eltern kauen Wurstbrote. Die Kinder lachen. Sie schälen hart gekochte Eier und stellen sich das Meer vor. An den Tankstellen sitzen Tiger.
Die Zahl der Verkehrstoten hat sich gegenüber den vorausgegangenen Jahren erhöht. Einen guten Witz spürt man überall. Paul zündet sich Zigaretten an. Es gibt noch Gesichter, die an die Währungsreform erinnern.
Also.
Diese Landschaft ist links und rechts eben so üblich. Der Beifahrer schläft. Zu Hause wünscht sich Paul eine Tochter. Unterwegs wünscht sich Paul manchmal etwas. Paul ist oft in München und Frankfurt. Paul sagt ficken.
Bei hochsommerlichen Temperaturen sterben namhafte Persönlichkeiten. In den Dörfern entstehen Gewitter. Schweine leben auf dem Bauch.
Der Beifahrer ist Mitglied eines Männergesangvereins. Paul möchte wieder einmal vierundzwanzig Stunden lang besoffen sein. Er schlägt seinen Kollegen auf die Schultern, erzählt Geschichten und bestellt ein Bier. Marylin Monroe starb im August. Wahrscheinlich stirbt auch Picasso im August. Im August sterben ganze Familien. Paul nimmt eine Tablette. Paul

hört Radio. In den Städten sind die Operationstische bereits überfüllt. Der Regen hält an.

Grüßgott. Nachts stehen die Wiesen senkrecht. In den Wäldern gruppieren sich die Förster. Die Polizei setzt Hubschrauber ein.

Plötzlich denkt Paul an die städtischen Beamten. Er denkt an die Sekretärinnen in den Büros. Eine Sekretärin ist eine Kulisse. Dahinter weint die Ehefrau. Wenn Paul an seine Frau denkt, denkt er an den kleinen Gemüsegarten hinter dem Haus. Er hat Beete angelegt. Die Erdbeerstauden hat er mit Holzwolle gegen Schnecken geschützt.

»Du bist jünger geworden«, sagt Paul zu seiner Frau, wenn er samstags nach Hause kommt. Sie antwortet, das sei nur Einbildung. Dann nimmt er die Zeitung mit ins Badezimmer.

Scotland Yard verhaftet einen Posträuber in Kanada. Wie gut, daß es Nivea gibt. Susi hat einen ganzen Schwanz voll Männer.

Paul fährt auf die Kriechspur. Er ist seit 11 Jahren verheiratet. Eine schwarze Susi ist billiger als eine blonde Susi. Vor Göttingen baut die Bundesrepublik Deutschland. Der Verkehr hat zugenommen. Trotz des Regens ist die Sicht so gut, daß Paul Tempo fahren kann.

Ein Bauer hat nur einen Gedanken. Ein Knecht hat zwei Gedanken. Nonnen kämpfen gemeinsam um ihre Bedeutung. Bei Regenwetter gewöhnt man Wehrpflichtige an den Ernstfall.

In der Ebene arbeiten Soldaten an falschen Vorstellungen. Offiziere halten die Luft an. Die Leichen werden sofort zugedeckt. Auf der Autobahn stehen jetzt überall Männer in kurzen Hosen herum. Die Frauen kämmen sich. Augenzeugen setzen die Sonnenbrillen ab.

Es kommt zu Stauungen. Holländer schütteln den Kopf. Engländer korrigieren den Rückspiegel. Italiener pfeifen durch die Zähne. Deutsche kauen Fingernägel.

Die Landschaft ist links und rechts immer noch so üblich. Paul spuckt über das halboffene Fenster. Hamburg 221 km. Die Augen werden jetzt flacher. Diese Welt macht es den Fotografen wirklich leicht. Schon sieht alles ganz anders aus.

11 Uhr 30. Auch langweilige Mädchen haben ihren Spaß an der Sache.

12 Uhr 45. Lyriker hören auf zu weinen und beginnen zu schreiben. Paul steigt aus. Paul nimmt die Mütze vom Kopf und bestellt eine Nudelsuppe. Die Kollegen erzählen Witze. Die Kellnerin ist eine Susi. Paul bezahlt. Schön wärs.

Paul arbeitet schon seit Jahren für die Zancker & Co. Früher verdiente er bei der Bundesbahn. Heute liest er Kriminalromane. Paul ärgert sich nicht mehr über Verkehrsunfälle.
Alles geschieht gleichzeitig. Eier kochen im Galopp. Pfarrer pochen auf ihre Bibel. Touristen werden auf die Landstraße umgeleitet. Hier krähen noch Hähne. Der Arzt geht mit einer Tasche von Haus zu Haus. Die Liebespaare sind echt. Samstagabend spielt hier eine Tanzkapelle auf. Bevor Mutter überhaupt etwas sagt, sagt sie, wie oft soll ich es dir noch sagen.
Reifenwechsel. Fachwerkhäuser. Fußballplätze. Zu diesen Wiesen sagen wir Heimat. Paul leidet unter Föhn. Spezialisten sind auf einem Auge blind. Vorsicht Seitenwind!
Es ist höchste Zeit. Die Parkplätze sind überfüllt. Hinter jedem Baum geschieht dasselbe. Drüben verläuft der Reiseverkehr wieder normal.
In einem Wildwestfilm spielen 100 spanische Arbeiter 250 amerikanische Schurken. Hamburg 69 km. Paul gibt Gas.

»Wir sind wieder wer!« sagen sie von sich. Zurecht. Aber wer sind sie? Wieder die alten.

Hier also sehen sie ihre Zukunft wieder in ihrer Vergangenheit. Hier sind die Holzwege als Parkett getarnt. Hier wehren sich einige Politiker energisch und geschickt dagegen, ihrem Gedächtnis zum Opfer zu fallen.

Hier gilt die Uniform den Uniformierten wieder als Alibi. Hier gibt es Leute, die sprechen über den Zweiten Weltkrieg in einem Tonfall, als bedauerten sie, noch nicht über den Dritten sprechen zu können.

Hier liebt der Beamte seine Frau meistens freitags.

Alles hat zwei Seiten, sagen die Leute; sie erziehen ihre Kinder deshalb symmetrisch.

Sie beharren hier grundsätzlich auf ihren Grundsätzen. Sie unterscheiden zwischen positiven und negativen Gedanken. Ruhe und Ordnung ist die ihnen gemäße Art der Ausschweifung. Unsere Politiker berufen sich lieber auf Ganzdeutschland als auf Tatsachen; diese Politik nennen sie realistisch.

Unsere Demokratie ist auf den Polizeihund gekommen. Der Vater sieht rot; sein Sohn sieht schwarz. Alle reden von damals. Jeder denkt sich sein Teil. Manche Kinder haben das Pech, Eltern zu haben.

Die Neuordnung der Verhältnisse wird hier als Unordnung diffamiert. Sie haben sich an die gewohnten Verhältnisse gewöhnt. Sie sind stolz auf ihre Unbelehrbarkeit. Wo der Pfeffer wächst, stehen keine Schrebergärten.

Um die Deutschen zu erkennen, genügt ein Blick. In die Geschichte. Hier also ist es wieder soweit. Nur wer mitmacht, hat hier eine Chance. Nur die Optimisten genießen hier Gleichberechtigung.

So einfach ist es wieder. Das Gericht entscheidet: die Leiche hat sich selbst umgebracht; der Mörder läuft frei herum. Der Fall wird zu den Akten gelegt. Es wäre ein Irrtum, hier an Irrtum zu glauben. Sie bevorzugen die Lüge in ihrer logischen Version. Sie garantieren sich die Verfassung durch Verfassungsänderungen gegenseitig.

Die guten Leute meinen es gut. Sie haben nichts dazu gelernt. Sie haben andere Juden gefunden. So sehen sie aus. So reden sie vom Frieden. So entscheiden sie hier die Wahlen für sich. Sie behaupten sich hier als Öffentlichkeit. Sie lieben ihre Heimat wie alle guten Leute. Sie können nicht genug davon kriegen. Am Ende war wieder keiner für den Anfang verantwortlich.

Diese Leute befürworten die guten Soldaten, die gute Gewalt, das gute Gewissen. Wir wollen nur unsere Ruhe haben, sagen hier die Leute.

Die Politiker ahmen vor dem Mikrophon die Geräusche des Krieges nach. Im Hamburger Hafen legt ein Zerstörergeschwader an. Das wird vom Fernsehen gefilmt. Herr Koch erinnert sich. Frau Koch sieht fern. So vergeht der Feierabend.

Herr Huber liest die Zeitung. Frau Huber versetzt sich in die Lage eines Polizisten. So kann es nicht weitergehen. Morgen ist Mittwoch.

Es ist sehr unangenehm, an diesem Tag eine wahre Geschichte
erzählen zu müssen. Präsident Johnson lacht. Es schneit. Vor
der Tür singen Elefanten.
Die Beamten kommen heute zu spät ins Büro. Sie haben
Familie. Die Arbeiter sind pünktlich. Spaß muß sein.
Das Kaffeewasser kocht. Vater ist tot. Mutter ist tot. Die Kinder glauben nicht, daß die Schule brennt.
Es fehlt nicht viel. Ein Knopf. Eine Nase. Ein starkes Stück.
In Spanien gab es eine Revolution. In Spanien gibt es viele
Stierkämpfe.
Einer fragt einen: Was halten Sie von Franco? Einer antwortet
einem: In den Ferien interessiere ich mich nicht für Politik!
Das ist praktisch. Eine Krawatte für den Bauch. Eine Schwäche
für Frauen. Gegen Mittag beginnt der 2. April.
In der Straßenbahn erklärt ein Herr einer Dame einen roten
Blumenstrauß. In einem Hauseingang hilft ein Schüler einer
Schülerin. Ein Franzose setzt alles auf eine Karte.
Eine Laufmasche genügt. Sie schauen sich in die Augen. Sie
kennt das Spiel. Sie trägt Kniestrümpfe.
Was am 1. April geschieht, könnte auch am 1. April geschehen.
In Frankfurt läßt sich ein junger Amerikaner einen englischen
Bart wachsen. Die Polizei stellt nur Polizisten ein. Seinen
Freunden sagt er, ein englischer Bart ist besser als ein deutscher
Paß. Sie trinken Bier. Sie lachen über Paßbilder.
Das Mädchen zeigt seinen Ausweis. Es schämt sich. Es sieht
wie ein Mädchen aus. Der Beamte nickt. Er schaut dem Mädchen nach. Er ist gern Beamter, aber er hätte gern etwas gesagt.
Sie hatte Ähnlichkeit mit seiner Frau. Zuerst war sie mehr als
seine Frau. Dann war sie verschwunden. Nachher ist das eine
Geschichte. Zu seiner Frau sagt man: heute 1. April.
Im Frühjahr könnte jemand auf die Idee kommen, eine Tageszeitung zu abonnieren. Der Bundespräsident fragt sich, ob es
sich heutzutage noch lohnt, Kühe zu züchten. Auf die Dauer
gesehen gibt es Studenten.
Jeder möchte wissen, wo die Frauen ihre Haare verstecken.
Ich habe zwar keinen Leistungssport getrieben, sagt Hans, aber
ich bin sechs Jahre zu Fuß gegangen. Indonesien besteht aus

Inseln, die liegen teils nördlich, teils südlich vom Äquator, und dazwischen ist eine Menge Wasser.

Ein Buch macht Kinder, die schreiben lernen. In München oder wo hat ein Mann oder wer seine Frau oder wen umgebracht oder was.

In jeder Hauptstadt werden täglich Hunderte von Verkehrs-unfällen durch die Polizei registriert. Sie werden den Versiche-rungsgesellschaften gemeldet. In den Krankenhäusern wird ge-arbeitet. Für die beschädigten Wagen werden Werkstattauf-träge geschrieben. Die Opfer schreiben Briefe. Die Versiche-rungsleute sprechen mit der Polizei. Die Krankenhausverwal-tung spricht mit der Versicherungsgesellschaft. Jeder spricht mit jedem. Der höchstbezahlteste Sportler der Welt ist ein bra-silianischer Fußballspieler. Und so macht Señor Pele sein Geld: schießt er ein Tor, wird diese Tatsache niedergeschrieben.

Wahrscheinlich starb Marylin Monroe am 1. April. Es hat kei-nen Zweck zu sagen: Marylin Monroe starb am 5. August.

Diese Sätze beziehen sich auf diese Sätze. Sie beziehen sich auf die Pausen zwischen den Sätzen. Sie beziehen sich auf unterschlagene Sätze. Sätze reagieren auf Sätze. Sätze unterscheiden sich von Sätzen. Sätze entscheiden über Sätze. Einige Sätze aber benötigen einige Sätze mehr. Die Summe von einigen Sätzen ist eine beliebig unterbrochene (und: beliebig unterbrechbare) Geschichte.

Das habe ich mir gedacht. Tom Okker serviert. Ein Leseexemplar genügt. (Lyriker / haben / genügend Möven / zuhause.) Es bleibt also dabei. Im Winter liegt Europa in der Schweiz. Ich öffne die Augen. Das Alter beginnt mit Schubladen. Frankenstein; Batman & Robin; und alle anderen ganz bleich unter extremen Bedingungen. Zuerst sagte der Arzt, ich sei völlig gesund. Nur Geduld. Hände weg! Soweit darf es nicht kommen.
Einige verehren Frauenschuhe. Wochenendhäuser riechen nach alten Zeitungen. Nichts leichter als ein Furore auf Mallorca. Und langsam macht es Spaß. Ich habe mir gedacht, nachts liegt sie mitten im Zimmer.
»Das heißt gesingt oder gesangt oder gesungt.« Wer weiß. Viele Dinge haben heute nur noch einen Anschein. Auch die Zunge ist ein Papier. Hat sich denn seither so wenig geändert? Dreißig Zigaretten. Freitag. »Gedichte lügen umsonst!« A. Hitler ist ununterbrochen in Betrieb. Die Mehrheit entscheidet. Wie immer.
»Alles Glischääs!«
Da werden Filme gedreht und Fotografen suchen Gesichter und die Hauptdarstellerin läßt sich scheiden.
Also was uns betrifft. Didi lacht bis hinunter. Amerika ist kein Rezept. Die Geheimnisse dauern nicht mehr solange wie früher. Einbrecher wachsen in Turnschuhen auf. Soraya ist nur ein anderes Wort für Apotheke. »Tag für Tag dasselbe! Und wahrscheinlich lohnt es sich gar nicht.«
Im Lebensmittelgeschäft erzählen sich die Leute. »Vielleicht schneit es mal wieder so richtig die Flüsse zu.« »Und nachher merkt man plötzlich, daß die Großmutter jahrelang in der Küche saß und schwieg.« Damals war das so üblich.
Hats gejuckt?
Nur noch wenige Ehen grenzen an den Schwarzwald. (Wenn man / sich erst / einmal / an den / Gedanken / gewöhnt hat.) Aber denkste! Im Park sitzen magere Frauen. Alte Rentner bestehen aus alten Mitgliedskarten. Die anwesenden über die abwesenden: Gäste. »Alles eine Stilfrage!« Schaumgummi flößt Vertrauen ein. Hauruck! Morgen ist der 31. August. Der Traum besteht aus einem einzigen Pfosten.

»Es werden andere Gewitter kommen und mit ihnen ganz andere Frauen.« Die Damen und Herren tanzen den Walzer linksherum. Aber solange lebt ja nicht jeder. Eine sorglose Kindheit stellt sich später oft als ein Fehler heraus. Unsere Hunde sprechen deutsch. Polizisten erkennt man am längeren Arm. 2 Gläser American Optical B 65 (r–4.00–0.50 0˙ / 1–3.00–0.75 170˙); kein Wunder: Augentropfen; viel zu nah an der Kinoleinwand.

Mabuse promoviert.

Stichworte. Temperatur. Extremisten verraten sich durch Geräusche. Wie erst am Samstag bekannt wurde, hat ein 50jähriger Taxifahrer seinen Mercedes 220/Kennzeichen F–HM 316 erschossen.
Ausweisungen & üble Vergewaltigungen zu dritt & Tote und währenddessen wartete der Präsident in seinem Landhaus auf die Realität. Dann begann er zu erzählen: »das leben des soldaten ist ein gewehr der arbeiter ist eine weitverbreitete erscheinung!« Auf den Straßen wurde gekämpft. Bis jetzt allerdings sind die Untersuchungen noch nicht abgeschlossen.
Das Echo des Präsidenten, hört man, ist ein wesentlicher Bestandteil der fünften Republik. Theorie, Praxis: die Revolution verwandelt einige Gegenstände in Kunstgegenstände; so geht es los! In kalten Wohnungen sieht Didi sehr viel älter aus. Paß auf! Die Besitzverhältnisse ändern sich. Deine Oberfläche deutet Wiederholungen an.
Ein Bürger besteht aus Ruhe und Ordnung. Das heißt also Karl Napp. Da steht er und schnuppert.
Zunächst einmal sind die Kurorte überfüllt. Dann schminken sich die Witwen und beißen die Zähne aufeinander. Aus den Strohhüten tropft Schweiß. Alle Achtung! Vorsicht. In diesen Kreisen geht alles rund. Ein Vivil genügt. Die Bäume wachsen nicht mehr in uns hinein. Wir nehmen Tabletten, trinken keinen Martini und hören im Wetterbericht, daß es Föhn gibt.
Die Literatur ist so (oder so); das sollte einmal so oder so gesagt werden.
gottseidank:
ich habe nicht nur einen Vogel, sondern auch eine Katze im Kopf /
die Nachahmer kümmern sich um die Spatzen /

Yoko Onos Po in Knokke und danach eine Ecke mit John Lennon /
Sätze in Würfelform /
Didi kaut stundenlang Rosinen /
einer behauptet sich mit der Bemerkung: »Experten weinen nicht!« /
im Winter sind die Bäume nur aus Holz /
auch Stewardessen haben Brustwarzen /
einmal Zürich und zurück /
eins nach dem andern /
ein kurzer Satz kann lange /
auch die Sprichwörter gehen langsam kaputt /
und nach dem vierten Bier waren alle überzeugte Marxisten /
noch einen Schnaps, sagt man zum Beispiel in Berlin zur Begrüßung von Schriftstellern /
die Lorelei meines Freundes ist höflich und gutmütig oval /
er telefoniert jeden Tag so lange, bis er ganz sicher ist, daß er tatsächlich / in Frankfurt wohnt /
entweder 500 Seiten, sagt er ohne zu zucken, oder Sie müssen einen anderen Beruf wählen /
solange es noch die Irrenhäuser gibt, antworte ich ihm, müssen wir vorsichtig sein /
und die Fortsetzung nennt man dann ein literarisches Experiment /
stattdessen Dylan Thomas /
eines Tages, als es wieder November wurde in Amerika in den Bars der Dritten Avenue /
»Ich habe 18 Gläser Whisky pur getrunken, ich glaube, das ist der Rekord!« / dann starb er nach einigen Tagen /
was übrigblieb, war ein Grund zur Verzweiflung, eine neue Unruhe, ein neues Tempo /
die Kritiker sprachen über die Honorare /
und seine Witwe wehrte sich gegen unnötige Wahrheiten /
Die Lacher sitzen auf der anderen Seite und nehmen sich ein Beispiel daran; sie nicken mit dem Kopf, liegen mit der Hand auf der Schnauze, mit jedem Argument werden sie älter. Und Ascona. Sie täuschen sich und sind befreundet. Auch der Frisör wohnt in der Nähe. Ja, das Finanzamt.
Auf jedem verlorenen Posten steht eine Retorte. Fein gekleidete Herren treten, verbeugen, schütteln, zwinkern, husten, reißen, sagen, zucken. Der Beifall des Publikums wird dunkelbraun. Deshalb hat Deutschland etwas mit Wolfgang zu tun.

Ob das Wort »Käse« in der Schweiz auch ein Käse ist?
Ich bin vergeßlich. Ich wurde nicht mit Marmelade im Mund erzogen. Ich war im Rohrstock zuhause. Papier macht prost. »Wenns zu schlimm wird, müssen Dichter sterben.« Meine Gleichgültigkeit gehört an sich ins Lexikon. Auch auf Polterabenden und auf Partys bin ich im Gebirge. Ich leere Flaschen, denn manchmal: hat man das Gefühl, daß.
Draußen passiert es klipp und klar. Auf eine Gelegenheit wartet man am besten im Papierkorb. Tausend Handtücher bringen Glück.
Kinder. Kinder. Nichts wie Sylt.
Warum interpretieren wir immer noch die Bemerkungen auf dem Weg zum Friedhof? King Kong. Woran liegt das nur. In den Vorstadtkinos vervollständigen sich so viele Liebespaare wie möglich. Inge belohnt nur den Pfarrer. Die intime Philosophie blonder Frauen bekommt man fast nie zu sehen.
Und da gibt es noch einen Herrn mit Bart. Der Herr mit dem Bart besteht nach wie vor darauf, glücklich verheiratet zu sein. Sein Gesicht unterscheidet sich wohltuend von den Karteikarten anderer Gesichter. Also glauben wir ihm. Seine zärtliche Erscheinung läßt sich ohnehin nicht ignorieren.
Ich bin ratlos. Bevor er seinen Porsche besteigt, nimmt er ein heißes Bad. So ein Herr verspätet sich nicht. Ich wiederhole meine Reise nach München, aber: umsonst. Dort sieht das Papier genauso weiß aus, auf die Dauer. Trotzdem wollen wir wissen, was eigentlich los ist. Darum lassen wir volltanken.
Das sind Karrieren! Noch nicht einmal und schon Raucherbeine. Tore fallen aus abseitsverdächtigen Positionen. Sowas hört man oft. Aber was soll man antworten, wenn einem schon wieder Montagmorgen zumute ist?
»Ein Künstler«, sagt Inge zu mir, »tut sich schon beim Aufwachen weh!« Sofort sperre ich Mund und Nase zu. Im Jahre 1938 hieß es:
Kranker sudetendeutscher Turner
von tschechischen Beamten mißhandelt.

        9) im Mekongdelta werden tote Soldaten gezählt; amerikanische Nationalisten glauben an die Unsterblichkeit ihres Kaugummis.

        16) *Wsch! Ne möve.* Gegenüber wohnen: zwei; davon ist der eine ganz bestimmt

        7) Joyce und wahrscheinlich sind es Zwillinge.

13) das Dorf doch nicht
war sein.

4) . . . .

. . . .

1) der goldene Mittelweg macht im-
potent.

11) mancher Hintern ist mehr ein
Po als ein Arsch, besonders manchmal, wenn ich nicht irre.

6) einmal sitze ich an der Schreib-
maschine, ein andermal huste ich bis mittags und werde per-
sönlich.

5) Frank Zappa sieht aus wie ein auf-
geblasenes Schamhaar.

17) eine Geige unterscheidet sich von
einer Trompete durch einen größeren Knoten im Ton.
Satz für Satz; zuerst so und dann so, wenn möglich; jeder
Satz eine andere Farbe, wenn möglich; Mut zum Dingsbums,
schrieb T., wenn möglich. Bitte. Der Titel lautet: Zustände
und Zusammenhänge. Da Titel verpuffen können, werden sie
zudem noch mit einem Untertitel eingedickt. Der lautet: Sätze
in Würfelform. Manchmal stellt sich erst im Verlauf der Arbeit
heraus, daß Titel und Untertitel mit der Zeit abbröckeln. Der
Unteruntertitel lautet, falls sich herausstellt, daß meine beiden
Titel abbröckeln, folgendermaßen: entweder (für leichtere
Schäden) »Über die allmähliche Entfernung« oder (für den
Katastrophenfall) »Hände weg!« Hoffen wir das Beste. Man
weiß ja nie. Dankbar und Daumen, das hilft oft.

8) die Vieltuer krempeln sich die Är-
mel hoch, spucken in die Hände, ziehen die Nase in die Brille
und biegen sich ihr Konto zurecht. Sie lassen nicht locker und
brüllen auf dem Hosenboden ihren 18 Stundentag herunter,
daß es nur so und nicht anders.
Die Vieltuer schließen sich ein und damit basta. Unten sind sie
aus Leder. Oben öffnet sich der Schlag. Nach vier Stunden
dampft es. Nach acht Stunden geht alles wieder vorbei. Nach
zwölf Stunden holen sie sich einen herunter. Nach achtzehn
Stunden drehen sie sich zur Wand.

16) Die Propheten bringen die Uhren
zum Optiker und Didi beißt indisch.

21) es wird tatsächlich schlimmer mit
Inge. Ihr Kopf ist eine kleine Kirche geworden. Sie stellt im-
mergrüne Blumen auf ihren Altar, betet stundenlang mit einem

einfachen Stück Holz und singt und benimmt sich mir gegenüber, als sei ihre Unschuld eine Orgel.
Wenn ich sie einmal in ihrer Wohnung besuche, geschieht
jedesmal dasselbe. Inge schweigt zuerst. Dann lächelt sie mit
ihren Zähnen, als wolle sie die Kerzen im Zimmer anzünden;
sobald ich es mir aber gemütlich gemacht habe, läuten ihre
Glocken und ich muß wieder gehen.

           22) also entweder Du meinst alles
ernst oder es ist wirklich so, wie Du schreibst.

           o) komisch!

           18) schlüpft barfuß in die Heirat und
säuft jede Nacht und wundert sich noch, daß es stinkt; er sagt
dann zu seiner Frau ungefähr folgendes, aber die reagiert nicht,
wie er sich das so vorgestellt hat; sie flennt, sie weint, sie heult,
sie rotzt. Endlich bringt sie den Mut auf und sagt.

Mit einem neuen Mond auf den Wiesen und ganz anderen
Vermutungen über die unmittelbare Zukunft lassen sich die
Eheleute, nachdem sie dem Höhepunkt nicht in die Augen
schauen und überall nasse Löcher ins Gras gemacht haben, zum
Scheidungsanwalt fahren. Was danach kommt, nennt man
Eierravioli.
Finito er / weiß vor Küche nicht wohin sie / Scheiße es / nega-
tiv. Nichts wie Sylt. Dicke Luft und kein Pfeffer drin. Brief-
träger ratlos. Pillen. Traubensaft. Rasierklingen. Leberpastete.
Zeigefinger. Der Rest bleibt im Schlafanzug.

20.20 Uhr: abends stehen die Kühe auf ihrem Euter; der
           Knecht schläft sich langsam durch das Heu.
21.01 Uhr: wildfremde Förster schlagen mit der grünen Faust
           auf den Tisch.
21.27 Uhr: hinter der Dämmerung wohnen die Einsiedler und
           strecken die Zunge heraus.
21.56 Uhr: bissige Hunde bellen umgekehrt.
22.10 Uhr: ja, auf den Dörfern ist noch was los.
23.00 Uhr: die Frauen tragen einen Sessel unterm Rock; den
           Mädchen geht der Frühling schon mit zwölf in die
           Zitzen; der Tango ist ein männlicher Beruf dort
           unten; die Spaziergänger sagen noch mit dem
           Rucksack grüßgott.
Mitternacht.
Geheimpolizisten haben blonde Glatzen, sie tragen Regenmän-
tel und haben an Stellen des Gehirns die Hände auf dem Rük-

ken gefaltet. Während es die Aufgabe normaler Polizisten ist, Ratten von Mäusen zu unterscheiden, widmen sich die Kollegen von der Geheimpolizei ausschließlich den Ratten; sie machen das Geziefer ausfindig und ordnen die Vertilgung an. Im Erzeugen von Schweiß sind sie ganz groß. Um jedoch erfolgreich zu sein, muß sich ein Geheimpolizist ohne Aufsehen zu erregen in etwa 2 Sekunden dünnmachen können. Besonders beliebt sind die Kurven, da hört man auch bei Gegenwind am wenigsten.

Und dann gehts wieder von vorne los mit Brötchen und Zahnpasta. Das bin ich noch nicht ganz, aber ich ziehe bereits die ersten Vergleiche mit gestern und vorgestern. Zustände und Zusammenhänge. »Die Wahrheit ist keine Oper.« Nachporto. Im Grunde genommen können wir vor Butter kaum. Kopf und intensiv Kragen. Muß sein. Im ganzen Saal die Schmerzen, dann die Flüche des Personals, wenn es in unseren Saal eintritt und reihenweise die kranken Köpfe mit großen, starken Handtellern hinunterdrückt in die verschwitzten Kissen.

Möglicherweise ist es schon soweit, daß ich zuerst den fremden Händen zustimme. Und schließlich auch noch, in den Labors, dem leeren Irrsinn des Humors.

Die hypnotische Wirkung der Regelmäßigkeit wird mich überraschen wie eine frische Pflegerin, auf deren Befehle ich reagieren muß.

Tragödien fangen Feuer. Die Freunde legen mir bereits Blumen ins Telefon. Die ganze Woche mit der Traurigkeit zu tun gehabt. Und immer öfter wird mir schwarz dazwischen.

»Jeder jedem in der Tasche und Kilroy sitzt tief drin und stemmt.

»Na logisch, unter den Laternen haben die Regenschirme Schenkel.

»Es liegt in Ihrem eigenen Interesse, sich hieran zu beteiligen, auch wenn Sie sich gesund fühlen.

»Aus dem Whisky steigt Bodennebel auf, ich taste mich langsam vorwärts, plötzlich bildet sich über meinem Gelächter eine rote Nase.

»Verstehe nur noch Bauch vorm Tisch bis hin zum Kellner.

»Das blubbert mir bis übermorgen in den Knochen herum.

»Mittendrin im Whisky und weiß wie Fliegen im Gedächtnis, wenns mit mir weitergeht.

»Es ist ja schließlich keine Schande, wenn etwas klar auf der Hand liegt, aber trotzdem.

»Es Muß Ein Wunderbares Sein. Dichter geben sich als Piloten aus und schweifen ab.

»Aufpassen. Nüchtern bitte, sagt der Fotograf. In welchem Bauch liegt eigentlich unsere Zukunft, nicht daß wir das verwechseln.

»Die Nacht wird zwar von der Polizei unterzeichnet, aber sie wird nicht ausgehändigt.

Morgen gehts weiter. Eine Steigerung von lila. Mit den üblichen Whiskyverspätungen. Und die Hausbesitzerin wird mich wieder fragen.

Ein Bankkonto in Rumänien. Eine angenehm berührte Freundin. Samstag. Sätze in Würfelform. Naß in eigener Sache. Fertig.

Die Nacht ist lang. Innen ist es heiß. Draußen arbeiten die
Förster. Im Wald beginnen die Vögel.
Als Gerd Winkler nach Hause kam, lag seine Frau auf der
Sonnenterrasse. Er hatte es lange schon geahnt. Jetzt war es
tatsächlich passiert. Welche Bedeutung die Italiener für unsere
Frauen haben, läßt sich nur vermuten.
Jede Ähnlichkeit mit lebenden Personen ist rein zufällig. Viele
gehen auf die Straße. Zwerge sterben ruckzuck.
Wenn wir schlafen, liegen Fische unter der Donau. Man wird
älter und findet kein Versteck dafür. So vergeht die Zeit.
Auch die Zunge des Flötisten ist hinten angewachsen. Ein guter Pilot hat überall Luft. Der Hamburger Hafen kann sehr
leicht zur Gewohnheit werden. Unterhalb der Hände ist es
immer soweit. Die Uhr kreist auf dem Zifferblatt. Es gibt Beine,
die sehr einsam machen. Aber in Zukunft wird darüber kein
Wort mehr verloren.
Gegen sechs Uhr früh zieht die Nutte ihren Schlußstrich.
Dann öffnen die Bäckereien in der Stadt. Auf den Brötchen
zerfließt die Butter. Schon machen sich Frauen wieder Gedanken.
Auf einen schönen Apriltag muß man oft bis Mitte Mai warten. Tagsüber werden Romane verkauft. Nebenan liegen Hand-
tuch und Seife bereit.
Filmschauspielerinnen sind nackt, wenn man genau hinschaut.
Früher begann der Tag mit einer Schußwunde. Es war sehr
kalt auf den Wiesen. Pelzhändler machten Inventur. Der Horizont bestand noch aus einzelnen Entfernungen.
Mit einer Antwort, sagte sie, hat alles angefangen. Und genau
so ging es weiter. Ganz Gaby ist doof. Am Teich erzählt man
sich die Geschichten der Witwen. Schon damals gab es Beerdigungen, die in aller Stille stattfanden.
Über dem Wohnzimmersofa leben Großvater und Großmutter. Hier darf auch die Polizei nicht fehlen. Obwohl die Straßen
ausreichen, scheint der Mond. Im Morgengrauen gibt es bereits
wieder die ersten Familien.
Das beste Fortbewegungsmittel ist ein Pudel. Im Winter probiert man es mit einem Zeigefinger. Einige Frauen jedoch sind
zu dünn für diese Jahreszeit.

Statt dessen erwachen wir und erinnern uns an einen Traum. Aber meistens ist es dafür zu spät.

Nach dem vierten Bier schlug der Beamte mit der Faust auf den Tisch und bezahlte. Nach und nach zerstreute sich die Menge. Jeder möchte sich am eigenen Leib erfahren. Offensichtlich macht es im richtigen Moment mehr Spaß.

Früher berührten sich die Kinder nach der Schule noch ein wenig mit den kleinen Fingern.

Autofahrer wissen natürlich von nichts. Mit Trompeten hat es schon einmal angefangen. Zuerst werden Uniformen getragen. Aber anschließend will es kein Mensch gewesen sein.

Im Bier liegen gelbe Zeitzünder. Mensch Maier gibt Gas. Eingetragene Vereine singen deutsche Lieder. Liliputaner wohnen in der Manege.

Frauen heißen Lilo und Monica. Das sieht jeder sofort. Sie kommen aus den umliegenden Dörfern, machen den Führerschein und gehen lange zum Frisör. Dann hoffen sie auf mehr.

Es ist streng verboten, daß sich ein diensttuender Polizist dumm stellt. Gemeinsam geht alles besser. Im Notfall war es ein Samstag. Dienstpistolen rosten, wenn sie nicht hin und wieder entsichert werden. Der Anfang jedenfalls ist gemacht. Niemand zweifelt mehr. Gleichgesinnte schauen sich erst gar nicht in die Augen. Wo Fäuste nicht ausreichen, versucht man es eben mit weißen Handschuhen. Monica liebt ihre Gäste. Im Treppenhaus wächst der Pfeffer. Es gibt richtige und falsche Chinesen.

Die meisten deutschen Landstraßen sind so angelegt, daß man auch bei Höchsttempo die Kirche im Dorf sehen kann. Ordnung muß sein.

Augen schmecken nach Tag und Nacht. In den Irrenanstalten werden Erdbeben überquert. Du wolltest unter meinen Vögeln schlafen, schrie das Mädchen empört.

Lilo könnte wehtun. Doch das Ergebnis sind Kleinigkeiten. Strumpfbänder geben so viel auch nicht her. Noch immer beginnen alle Geschichten des Vaters hinter der Wolga. Amerikaner nehmen auch sonntags den Kaugummi nur aus dem Mund, um auszuwechseln.

Geduld kostet bekanntlich das Doppelte. Wer sich in der Hand hat, sagt der Pfarrer, der soll auch fest zupacken.

Der Höhepunkt macht alles kaputt.

Anfänger lachen dabei. Viele Familien leben monatelang ohne Strom. Über der ganzen Gegend liegt ein Geräusch, das nur noch in Gedichten vorkommt. In den Freibädern wird man leicht durchschaut. Haustiere haben Gesichter. Ganze Geschlechter sterben aus. Ein gleichmäßiger Rhythmus klingt noch lange nach.

Monica und Lilo grüßen einander. Hauptsache, sagt Monica, das Wetter bleibt anständig.

Auch Aktentaschen machen einen Menschen nicht klüger. Im Fernsehen fallen Tore. Reiche Männer greifen sich an die Stirn. Am Ende kennt jeder diese Methode. Heraus mit der Wahrheit. Ein Mann ein Wort. Soweit haben wir es gebracht. Dominikaner schämen sich über feuchte Kutten. Das Gewitter beschäftigt wieder die Berufsfeuerwehr.

In Stuttgart steht ein Haus. In München gibt es bekannte Straßen. In Frankfurt braucht man nur das Bahnhofsgebäude zu verlassen. In Köln dementiert die katholische Kirche. In Bonn passiert nichts. In Bonn reist man einfach nach Hamburg. In Hamburg ist es auch tagsüber dunkel. Dort feilt sich Monica die Nägel mitten auf der Straße. Dort zieht Lilo ihren Bauch ein und glättet wieder den Rock. In der Regel entscheiden sich Ausländer wesentlich schneller.

Als sie das Licht ausknipste, hatte er noch nicht einmal seine Hände gewaschen. Draußen zog er vor einem breiten Schaufenster den Kamm aus der Hosentasche. Anschließend drehte er die Krawatte in den Kragen. Diese Sache endet still.

Matratzen liegen in den Ohren. Stenotypistinnen fallen unter eine andere Kategorie. Hausierer kauen Zähne. Katzen erfinden Mäuse. Über Eisenbahnermützen lacht die Bevölkerung nicht.

Da paßt kein Stein mehr aufeinander. Da hängt nasse Unterwäsche vorm Küchenfenster. Die Frauen denken sich Briefe aus. Sie haben Kinderspielplätze in den Augen. Sie haben die schöneren Kinder. Sie haben die Betten gemacht und die Kissen geschüttelt. Sie haben Glück. Sie gehören einander.

Das Fernsehen dreht immer irgendwo. Die Gesundheit der älteren Generation erweckt allmählich Mißtrauen. Picasso ist ein bekannter Spitzname.

An Sonn- und Feiertagen bückt man sich auf den Friedhöfen. Die Behörden prüfen das Kopfsteinpflaster. Um Männer mit Glatzen wird es langsam still.

Die Toilettenfrau würde gern Mr. Kilroy kennenlernen. Auf die Dauer bleibt einem berühmten Mann nichts anderes übrig, als eine schöne Frau zu heiraten. Die Reporter wissen, was sie zu tun haben.

In der englischen Stadt York haben 40 Handwerker, die das dortige Gotteshaus reparieren, ein Gelübde abgelegt. Sie wollen bei der Arbeit in der Kathedrale weder fluchen, pfeifen noch rauchen. Die Renovierungsarbeiten werden voraussichtlich sieben Jahre dauern.

Der Mann trug einen grauen Mantel (und sah deshalb sehr gefährlich aus). Der Arzt verzog keine Miene. Die Beamten rekonstruierten den Mord in allen Einzelheiten. Dann begann es zu regnen. Dann widersprachen sich die Augenzeugen. Dann war die Straße wieder breit genug.

In der Oper erinnern sich die Ehepaare an ihren Hochzeitstag. Sie erinnern sich an früher. Sie kennen die Melodien. Früher waren sie auch in Venedig. Sie haben noch nie einen Toten gesehen. Es ist jetzt nicht mehr erlaubt, sich beim Rechtsanwalt auszuweinen.

Monica tut, was sie kann. Lilo kennt alle Höhen und Tiefen. Dazwischen arbeitet die Polizei mit allen Mitteln. Es hat keinen Zweck. Vielleicht haben Monica und Lilo ihren Führerschein umsonst gemacht. Vielleicht gehen sie eines Tages wirklich als Fabrikarbeiterinnen zurück in die Provinz. Sie verkaufen die praktischen Kleider mit den Reißverschlüssen. Sie vergessen auch die schwierigen Namen der Parfums. Möglicherweise sieht man ihnen nachher nichts mehr an. Sie kaufen wieder Gemüse.

Die Stadtverwaltung macht die Bürger darauf aufmerksam, daß die städtischen Enten wieder auf die städtischen Grünanlagen verteilt worden sind. Die Kinder erzählen wieder groß und breit von Elefanten.

Ein nacktes Fotomodell ist keine nackte Frau. Die Frauenzeitschriften fotografieren auch Könige.

Wahrscheinlich haben sich viele Frauen Faruk nackt vorgestellt. Außerdem wohnen dicke Männer in großen Hotelzimmern. Sie tragen weiße Hüte. Sie sind großzügig. Sie besitzen nur saubere Taschentücher. Dicke Männer haben Humor, sagt man. Sie sind reich, vermutet man. Wenn dicke Männer lachen, lachen alle. Sie tragen immer Sonnenbrillen. Dicke Männer haben auch im Gesicht einen Bauch. Später liest man in den Zeitungen, daß dicke Männer einsam sterben. Dicke Männer hinterlassen viele Witwen.

Am Ende der Welt steht ein Haus. Es ist unbewohnt. Im Garten beginnt ein neuer Wald.

Das Theater steckt in einer Krise. Viel Vergnügen.

Die Oper ist regelmäßig ausverkauft. Die Besucher stehen Schlange und warten auf Karten. Sie hören Radio. Sie summen mit. Das Sitzpolster muß Geld gekostet haben.

Auf der Bühne stehen Kulissen. Die Kostüme sitzen ausgezeichnet. Aber es regnet nie. In ganz großen Häusern schneit es manchmal, je nachdem.

Oft werden Klassiker gespielt. Der Intendant begrüßt den Oberbürgermeister mit Handschlag und wünscht ihm vor allem viel Vergnügen.

Der Zuschauerraum wird verdunkelt. Das Opernglas war teuer. Der Nebenmann hat schon den Arm auf der Lehne.

Die Schauspieler haben Probleme. Sie sprechen Hochdeutsch. Die Zuschauer vermuten etwas. Sie haben Respekt. Das sieht man nicht jeden Tag.

In der Pause beginnt das Theater am Büffet. Sie trinken Sekt, sie machen Lungenzüge, sie sind sofort einer Meinung. Sie versuchen auch, sich am Büffet im Foyer den Schluß des Dramas zu denken. Das tragische Ende kommt am Schluß. Abonnenten sind im Vorteil. Die Inszenierung ist ein Meilenstein. Die Sänger singen.

Die Schauspieler sprechen ihren Text und bewegen die Arme. Das Stück hat keinen roten Faden. Vor der Garderobe gibt es nachher ein Gedränge.

Die Herren tragen weiße Hemden. Die Damen tragen Schmuck. Die Künstler danken für alles. Die Straßenbahnen sind überfüllt.

Nach der Aufführung trifft man sich noch in einem Lokal. Die Tochter hat leider Grippe. Der Sohn studiert.

Junge Autoren bekommen eine Chance. Die Kritiker bekommen zwei Freikarten für die erste Reihe. Einige sind nur gekommen, um endlich dahinter zu kommen. Andere kommen einfach nicht mehr mit. Anschließend gibt es Diskussionen.

Ein älterer Herr bezweifelt, ob das noch etwas mit Kunst zu tun hat. Drei Studenten bezweifeln, ob Kunst noch etwas mit Kunst zu tun hat.

Der Autor ist anwesend. Er sieht eigentlich ganz normal aus.

Briefträger tragen Uniform. Straßenbahnschaffner, Polizisten und Offiziere der Armee tragen Uniform. Es lebe die Freiheit. Der Rest ist Liebe oder bares Geld.

Menschen in Uniform haben ausgelernt, das sieht man auf den ersten Blick. Sie haben auch Familie, das sieht man auf den zweiten Blick.

Kinder wissen alles besser. Der Briefträger ist ein Känguruh.

Briefträger kommen und gehen. Morgenmäntel kommen wieder in Mode. Konjunktur und Intrige sind Fremdwörter.

Briefträger klingeln und steigen Treppen. Briefträger haben einen Auftrag und schauen nicht auf die Uhr. Ab 6 Uhr ist es höchste Zeit. Briefträger wissen, wo der Pfeffer wächst. Morgen kommen sie wieder.

Briefträger geben nicht viel her. Was ist schon der Unterschied zwischen einer Drucksache und einer Traumreise?

Briefträger haben Anweisung, bei Schneetreiben, Regen oder Nebel Briefträger zu bleiben. Die Oberpostdirektion weiß, daß schöne Mädchen einen Höllenlärm machen.

Briefträger lachen nicht. Briefträger geraten nicht in Wut. Es hat keinen Sinn, Briefträger zu fotografieren.

Ich habe noch nie gehört, daß man Briefträger vergiftet, erschossen oder erwürgt hat. Andere Sachen hat man schon gehört.

Ohne Briefträger gäbe es weniger Verwandtschaft. Schwiegermütter kommen ohne Briefträger aus.

In Treppenhäusern oder auf Türschwellen reagieren Briefträger normal. Da frieren sie, schwitzen oder zünden sich in aller Ruhe eine Zigarette an. Beim Gehen sagen sie vielleicht, nachher trinke ich aber ein Bier.

Postkarten aus Spanien oder Italien rechtfertigen das korrekte Auftreten der Briefträger nicht. Schildmützen begünstigen den Haarausfall. Es ist allgemein bekannt, daß nur gut erhaltene Briefträger eingestellt werden. Nur noch selten wird vor bissigen Hunden gewarnt.

Nach Dienstschluß haben Briefträger Glatzen. Der Feierabend ist ein einwandfreier Zustand. Auf Hühneraugen kann man sich verlassen.

Todesfälle nehmen wir dem Briefträger übel.

Frankfurt ist Amerika, sagen die Leute. Sie sagen, Frankfurt ist Chikago. Ich wohne in Chikago.

Aber die Nachbarn sagen, Frankfurt ist doch nicht Chikago. Das wäre ja noch schöner. Schön und gut, nicht alle Nachbarn sind Nachbarn. Immer gibt es Ärger. Die Polizei will Chikago nicht dulden.

Oberlindau 105 und Oberlindau 109 beschäftigen die Polizei mit Oberlindau 107. Ich wohne in diesem Haus. In diesem Haus wohnen Leute. In so einem Haus wohne ich gern.

Hauseigentümer sind schwierig. Katzen sind erlaubt. Solange es hier keine Ratten gibt, ist dieses Haus keine Ruine.

Die Miete ist hoch. Der Hauseigentümer sagt, Hauptsache, Sie sind polizeilich gemeldet. Er fährt einen hellen Citroën. Er spielt besonders gut Tennis.

Das Haus hat drei Stockwerke. Keiner kümmert sich um das Unkraut vor dem Haus. Ich wohne im ersten Stock. Also geht mich Unkraut nichts an.

Dieses Haus ist ein Altbau. In Altbauwohnungen hat man immer Zeit. Jeder hört hin, wenn es klingelt. Frau Lindquist bekommt sehr oft Besuch. Die Dielen knarren.

Die Passanten schauen. Einige wissen es sogar. Matrosen sind Gastarbeiter. Sie haben ein Gefühl dafür. An diesem Haus gehen sie schnell vorüber.

Dieses Haus sollte schon vor Jahren abgerissen werden. Die Nachbarn tragen Revolver in ihren Akten- und Einkaufstaschen. Der Sonntag könnte spannend werden, gäbe es keinen Montag.

Ich sehe es an den Gesichtern der Passanten: die Polizei hat den längeren Arm. Diese Fortsetzung ist eine Geschichte, die keiner verschuldet.

Wenn ich Krawatten sehe, platzt mir der Kragen. Auch das muß etwas mit diesem Haus zu tun haben.

Im Frühling gehört dieses Haus zur Innenstadt. Ein guter Sommer lüftet das Treppenhaus. Im Winter ist das Haus eine Hütte. Der hintere Garten bekommt Landschaft.

Den Herbst lasse ich aus. Damit muß man das ganze Jahr hindurch rechnen.

Das Haus ist ziemlich baufällig. In diesem Haus singen die

Beatles lauter als sonst. Der Hauseigentümer läßt sich nur selten sehen. Er verdient gut. Es könnte nicht schlimmer kommen, wenn alle Bewohner dieses Hauses plötzlich türkisch und italienisch sprächen.

Im zweiten Stock gibt Herr Tratter ein Fest. Die Nachbarn gehen regelmäßig und früh zur Arbeit.

Nebenan scheint die Sonne. Nebenan sind die Eltern auf ihre Kinder stolz. Das Wochenende ist ein Werbegeschenk der Firma Tschibo. Nebenan ist auch anderswo. Aus größerer Entfernung gesehen, ist dieses Haus ein ganz normales Reihenhaus. Ich könnte mir vorstellen, daß in diesem Haus eine Witwe wohnt.

Der Hauseigentümer weiß, was er an diesem Haus hat. Dieses Haus findet keinen Käufer. Wohnzimmer haben wie Klassenzimmer auszusehen.

Meine Haare versalzen den Nachbarn die Suppe. Darauf wollen sie natürlich nicht verzichten.

Dieses Haus ist altmodisch. Ich wohne im ersten Stock. Herr Tratter wohnt im zweiten Stock. Herr Tratter ist Österreicher. Frau Lindquist wohnt im dritten Stock. Frau Lindquist ist keine Schwedin. Das wäre ja noch schöner.

Dieses Haus hat keine Fernsehantenne. Der Geldbriefträger kommt so gut wie nie. Das verstärkt natürlich den Verdacht noch.

Dieses Haus hat einen doppeltürigen Eingang, einen Windfang, einen Vorgarten, einen Garten nach hinten, dieses Haus hat rundgetretene Treppen, offene Türen, Fenster, Toiletten und Zimmer, aber das alles kann auch täuschen.

Dieses Haus hat kein System. Manchmal habe ich das Gefühl, als ginge in diesem Haus viel kaputt. Ich wohne gern in so einem Haus.

Das Stadtbild von Frankfurt steht auf dem Spiel. Oberlindau 107 ist ein Eigentor. Im Treppenhaus brennt Tag und Nacht Licht. Es ist ganz sicher ein Zufall. In diesem Haus wohnt keine Familie. Es wundert mich nicht.

Auch Rom wurde nicht an einem Tag erbaut, schreibt die Stadtverwaltung. In London und Paris gibt es das schon, wissen die Leute.

In München baut die Stadt eine Untergrundbahn, liest man. Aber Frankfurt ist eine häßliche Stadt, sagt man in München. Ein anderer könnte in einer anderen Stadt sagen, jetzt sieht Frankfurt aus wie der Hauptbahnhof in Frankfurt.

Die Arbeiter sind schwarzhaarig. Die Passanten haben sich damit abgefunden. Sie bleiben stehen. Man sieht noch nicht viel: Einbahnstraßen, Kopfschmerzen, Lastwagen, Lieferbeton. So sieht es überall aus.

Das Projekt wird Jahre dauern, sagte ein Bürgermeister vor Jahren. Die Bauzäune sind mit Kinoplakaten beklebt. Auch das Westend war einmal eine gute Gegend. Nach Feierabend stehen die Ampeln auf Rot. Hauptwache heißt Goetheplatz. Haltestelle Dornbusch heißt zwar Haltestelle Dornbusch. Das Abendessen wird kalt. Frankfurt baut Frankfurt kaputt. Die SPD hat Schulden. Es ist schwierig, Freunde von Frankfurt zu überzeugen.

Ecke Schillerstraße/Zeil verunglückte eine Hausfrau. Sie fiel in einen unzureichend abgesperrten Rohrschacht. Mit dem Kopf zuerst. Außerdem wurden die Angehörigen benachrichtigt.

Die Polizei leitet den Verkehr um. Taxifahrer machen gute Geschäfte. Die Behörden heften Briefe ab. Der Einzelhandel stagniert.

In Frankfurt riecht es nach selbstgedrehten Zigaretten.

Zwischen den Bauzäunen versucht man, sich eine Untergrundbahn vorzustellen. Bei schönem Wetter kann man sich eine Untergrundbahn vorstellen.

Bauzäune stinken nach einer Woche. Nach zwei Wochen sind Bauzäune Toiletten. An Bauzäunen passieren auch noch andere Dinge.

Die Arbeiter sehen tatsächlich wie Arbeiter aus, hört man. Sie trinken wahnsinnig viel Bier, erzählt man. Sie graben alle Straßen auf und sprechen komisch. Nach bisher nicht bestätigten Meldungen soll ein Mädchen während einer Vietnamdemonstration von berittenen Polizisten in eine Baugrube getrieben worden sein. Manchmal findet man in den Baugruben wertvolle

Kieferknochen. An römische Siedlungen glauben die Experten nicht.

In Frankfurt wird die Luft immer seltener.

Die Anwohner der Eschersheimer Landstraße klagten gegen die Stadt, sie könnten wegen der Nachtarbeiten nicht mehr in Ruhe schlafen. Die Stadt bot jeder Familie kostenlos Hotelzimmer an. Die Anwohner lehnten ab. Die Nachtarbeiten wurden daraufhin in aller Ruhe fortgesetzt.

Wenn einer die Baugruben mit einer portugiesischen Auster vergleicht, haben die Passanten Angst.

Bei Hochwasser hat auch der Main etwas mit der Untergrundbahn zu tun. Bäume haben Holz. Die Fische stinken.

Ab März ist im Frankfurter Zoo Frühling. Auch die Kaufhäuser verkaufen Frühling. Die Ladenmädchen haben wieder runde Lippen. Vor den Schuhgeschäften in der Innenstadt sehen die Leute auf trockene Schuhe.

Bauzäune bauen Dörfer in die Stadt. Sie verändern Landschaften und Menschen. Sie machen Durst. In der Literatur spielen Bauzäune keine Rolle.

Die Bildzeitung ist ein Bauzaun. Die Berufsfeuerwehr hat mehrere Einsätze zu verzeichnen.

Ich habe einen gehört, der vor einer Großbaustelle stand und sagte: ich weiß nicht, aber so stell ich mir Sizilien vor. Dann habe ich einige gesehen, die nickten mit dem Kopf. Dann fluchten sie über Sizilien.

In Sachsenhausen beginnen die Ferien. Während die Arbeiter arbeiten, wird über die Arbeiter diskutiert. Baustrom ist teurer als Haushaltsstrom, das ist eine Tatsache.

Auf Tauben darf nicht geschossen werden. Am Himmel sind Ratten erlaubt. Kinder streiten sich um Pfützen. Die Straßenkehrer glauben noch an Besen. Rentner schütteln nur noch den Kopf. Damals war Frankfurt noch Frankfurt, denken sie und erzählen es den Nachbarn.

Wer telephoniert, hört Geräusche. Vielleicht wird auch in den Leitungen eine Untergrundbahn gebaut.

In jeder Sekunde wird ein Revolver entsichert. Prinz Suleiman von Saudi-Arabien wohnt wieder im Frankfurter Hof. Ein Bauzaun ist hoch genug, breit genug und stabil. Aber die Meteorologen kündigen wieder eine Störung vom Atlantik her an.

Die Frankfurter Allgemeine ist Nervensache. Karl-Heinz Bohrer macht eine Ausnahme. Die anderen berichten aus aller Welt.

Außerhalb Frankfurts ist alles in Ordnung. Da gibt es Häuser mit teuren Hunden. Da braucht man nicht lange nach Luft zu suchen. Das Gras ist sauber. Da heißt auch ein Bauzaun wieder Gartenzaun.

Jetzt gibt es sogar Blumen aus Papier, sagt Herr Wölfel enttäuscht.

Englisch kann man sprechen, ohne englisch gelernt zu haben. Das ist so üblich. Gestern war August. Bald wird es nur noch Papierblumen geben.

Herr Wölfel verkauft Schreibwaren, er verkauft Ansichtskarten und Papierkörbe, er leiht Bücher aus.

Herr Wölfel spricht fast täglich mit dem Bäcker von nebenan. Den Duden braucht jeder. Über dem Eingang zur Bäckerei steht noch das Wort »Konditorei«. Beide erinnern sich gern. Sie interessieren sich für die Todesanzeigen und die Beerdigungen. Sie trinken ein Glas Bier.

Sie sagen dem Mädchen mit der Schürze, daß sie gern ein Glas Bier trinken. Dann trinken sie noch ein Glas Bier.

So hat jeder seine Sorgen, sagt er. Manchmal sagt er, jetzt verkaufe ich schon seit dreißig Jahren Papier an die Leute.

Es gibt Tage, da hat Herr Wölfel Zeit, sich eine Pfeife anzustecken.

Schöne Mädchen kaufen kein Papier. Alles braucht seine Zeit, sagt man. Morgens sieht Herr Wölfel wie ein Junggeselle aus. Nach Feierabend ist Herr Wölfel einer der vielen Männer, die nach Feierabend mit einer Aktentasche auf die nächste Straßenbahn warten.

Herr Wölfel schaut seinen Kunden ins Gesicht. Er wiederholt die Sätze der Kunden. Den Stammkunden erzählt er die Sache mit den Augentropfen.

In der Innenstadt findet sich Herr Wölfel nicht mehr zurecht. Er weiß nicht mehr, wie es dort aussieht. Er sagt nur, dort wird überall gebaut, dort gibt es bald keine Fußgänger mehr.

Vor den Feiertagen verkauft Herr Wölfel Glückwunschkarten. Er legt sie ganz vorne an den Ladentisch. Er verkauft Wasserfarben und Bleistifte. Manchmal verkauft er Papier.

Anfang Dezember legt er regelmäßig die Kalender ins Schaufenster. Aber es ärgert ihn, daß auch an Weihnachten Papierblumen gekauft werden.

Sie sitzt im Straßencafé. Sie schlägt sofort die Beine überein-
ander. Sie hat wenig Zeit.
Sie blättert in einem Modejournal. Die Eltern wissen, daß sie
schön ist. Sie sehen es nicht gern.
Zum Beispiel. Sie hat Freunde. Trotzdem sagt sie nicht, das ist
mein bester Freund, wenn sie zu Hause einen Freund vor-
stellt.
Zum Beispiel. Die Männer lachen und schauen herüber und
stellen sich ihr Gesicht ohne Sonnenbrille vor.
Das Straßencafé ist überfüllt. Sie weiß genau, was sie will.
Auch am Nebentisch sitzt ein Mädchen mit Beinen.
Sie haßt Lippenstift. Sie bestellt einen Kaffee. Manchmal denkt
sie an Filme und denkt an Liebesfilme. Alles muß schnell
gehen.
Freitags reicht die Zeit, um einen Cognac zum Kaffee zu be-
stellen. Aber freitags regnet es oft.
Mit einer Sonnebrille ist es einfacher, nicht rot zu werden. Mit
Zigaretten wäre es noch einfacher. Sie bedauert, daß sie keine
Lungenzüge kann.
Die Mittagspause ist ein Spielzeug. Wenn sie nicht angespro-
chen wird, stellt sie sich vor, wie es wäre, wenn sie ein Mann
ansprechen würde. Sie würde lachen. Sie würde eine auswei-
chende Antwort geben. Vielleicht würde sie sagen, daß der
Stuhl neben ihr besetzt sei. Gestern wurde sie angesprochen.
Gestern war der Stuhl frei. Gestern war sie froh, daß in der
Mittagspause alles sehr schnell geht.
Beim Abendessen sprechen die Eltern davon, daß sie auch ein-
mal jung waren. Vater sagt, er meine es nur gut. Mutter sagt
sogar, sie habe eigentlich Angst. Sie antwortet, die Mittagspause ist ungefährlich.
Sie hat mittlerweile gelernt, sich nicht zu entscheiden. Sie ist
ein Mädchen wie andere Mädchen. Sie beantwortet eine Frage
mit einer Frage.
Obwohl sie regelmäßig im Straßencafé sitzt, ist die Mittagspause anstrengender als Briefeschreiben. Sie wird von allen
Seiten beobachtet. Sie spürt sofort, daß sie Hände hat.
Der Rock ist nicht zu übersehen. Hauptsache, sie ist pünktlich.

Im Straßencafé gibt es keine Betrunkenen. Sie spielt mit der Handtasche. Sie kauft jetzt keine Zeitung.

Es ist schön, daß in jeder Mittagspause eine Katastrophe passieren könnte. Sie könnte sich sehr verspäten. Sie könnte sich sehr verlieben. Wenn keine Bedienung kommt, geht sie hinein und bezahlt den Kaffee an der Theke.

An der Schreibmaschine hat sie viel Zeit, an Katastrophen zu denken. Katastrophe ist ihr Lieblingswort. Ohne das Lieblingswort wäre die Mittagspause langweilig.

Sie hat ein schönes Gesicht. Sie hat schöne Haare. Sie hat schöne Hände. Sie möchte schönere Beine haben.

Sie machen Spaziergänge. Sie treten auf Holz. Sie liegt auf dem Rücken. Sie hört Radio. Sie zeigen auf Flugzeuge. Sie schweigen. Sie lachen. Sie lacht gern.

Sie wohnen nicht in der Stadt. Sie wissen, wie tief ein See sein kann.

Sie ist mager. Sie schreiben sich Briefe und schreiben, daß sie sich lieben. Sie ändert manchmal ihre Frisur.

Sie sprechen zwischen Vorfilm und Hauptfilm nicht miteinander. Sie streiten sich über Kleinigkeiten. Sie umarmen sich. Sie küssen sich. Sie leihen sich Schallplatten aus.

Sie lassen sich fotografieren. Sie denkt an Rom. Sie muß im Freibad schwören, mehr zu essen.

Sie schwitzen. Sie haben offene Münder. Sie gehen oft in Abenteuerfilme. Sie träumt oft davon. Sie stellt sich die Liebe vor. Sie probiert ihre erste Zigarette. Sie erzählen sich alles.

Sie hat Mühe, vor der Haustür normal zu bleiben. Sie wäscht sich mit kaltem Wasser. Sie kaufen Seife. Sie haben Geburtstag. Sie riechen an Blumen.

Sie wollen keine Geheimnisse voreinander haben. Sie trägt keine Strümpfe. Sie leiht sich eine Höhensonne. Sie gehen tanzen. Sie übertreiben. Sie spüren, daß sie übertreiben. Sie lieben Fotos. Sie sieht auf Fotos etwas älter aus.

Sie sagt nicht, daß sie sich viele Kinder wünscht.

Sie warten den ganzen Tag auf den Abend. Sie antworten gemeinsam. Sie fühlen sich wohl. Sie geben nach. Sie streift den Pullover über den Kopf. Sie öffnet den Rock.

Sie kauft Tabletten. Zum Glück gibt es Tabletten.

Weißinger ist Soldat. Weißingers Kopf ist ein Stuhl. Es ist Samstag. Vater wollte es so. Weißinger trägt Uniform. Mutter ist stolz. Die Soldaten arbeiten nicht am Samstag. Am Samstag nennt man die Stunden Teestunden im Radio. Weißinger wohnt in Barme. Manchmal nennt man die Teestunden auch Kaffeestunden im Radio.

Als Beamter ist Weißinger gezwungen, zur Zeit in Barme zu wohnen. Jetzt kauft Vater für Mutter eine Deutschlandkarte.

Seit zwei Jahren raucht Weißinger. Er raucht viel. Vielleicht wäre ein Haustier praktischer. Barme ist ein Dorf.

In den Dörfern werden die Häuser nachts hereingeholt und die Straßen hochgeklappt, sagt man in Barme. In Barme wohnen Familien. Eine Familie wäre bereits ein Beruf, sagt Weißinger. Mit dem Hauptmann beginnt die Uniform.

In Barme steht die Niedersachsenkaserne der Bundeswehr. Aber Weißinger möchte nach Süddeutschland versetzt werden. Er denkt an Böblingen und Karlsruhe. An München wagt er nicht zu denken. Auch nicht an einen längeren Urlaub während der Wintermonate.

Ein Wochenendurlaub macht den Winter überflüssig. Man macht einen Schneeball, wirft den Schneeball gegen eine Hauswand, dann ist der Urlaub vorbei.

Auf den Toiletten werden Soldaten erwischt. Das passiert auf den Toiletten häufig. Weißinger schreibt eine Postkarte.

Keine Frage. Das geht weiter. Es wird Herbst. Alle anderen erfinden bereits Geschichten.

Weißinger hat Zeit. Er hätte genügend Zeit, auf Briefe zu warten. Manchmal nimmt er die Pistole. Manchmal geht er zum Frisör. Eine andere Möglichkeit gibt es nicht in Barme.

Wenn es Weißinger in der Kaserne nicht mehr aushält, schaut Weißinger in den Spiegel. Weißinger grüßt. Das Mittagessen ist ein Befehl.

Beim Abendessen denkt Weißinger an die Kriege von morgen. Auf den Schreibtischen liegen einige Kriege.

Tagsüber hat Weißinger Feinde. Abends weiß er nicht mehr, ob es ihm 18 Monate Spaß macht.

Jeden Morgen entstehen auf dem Kasernenhof Soldaten. Weißinger stellt sich einen Soldaten mit Kopfschmerzen vor; aber das ist nicht so leicht.

Weißinger hat zwei Zeitschriften abonniert, die er unter der Matratze versteckt. Im Dorf heißen die Kellnerinnen Rosy. Die Panzer stehen bereit. Am Brandenburger Tor wird geflüstert. Sonntags reißt Weißinger Frauen aus den Zeitschriften.

Die Wache schaut auf die Uhr. Mutter zeigt ihren Freundinnen die Karte von Deutschland. Die Kommunisten sind Russen. Nichtschwimmer werden verhört. Die Freiwilligen spielen Skat. Morgen muß ein Fluß überquert werden. Die Bauern erinnern sich noch. Vater bittet um Fotografien.

Samstags hört Weißinger Radio. Die Bundeswehr ist ein Montag.

Auf eine Geschichte zu verzichten, ist eine gute Gelegenheit. Ich habe mir abgewöhnt zu sagen: eine Geschichte ist eine Geschichte. Ich habe mir abgewöhnt zu behaupten: das ist so.

Die wohldurchdachte Intimität der Grammatik durch das Zeremoniell ihrer eigenen Teile zu zerstören ist einunddasselbe.
Das Verhältnis von Paradies und Papierkorb bleibt authentisch. Heinrich errät die Welt, aber das macht nichts. Die Beschreibung der Ewigkeit enthält nur die Wiederholung des Zufalls. Oder: die Pataphysik ist der Einbruch des Humors in die Metaphysik.
Ganz gleichgültig, was auch immer geschieht, so ist das eben. Haben wir kein Mitleid mit jenem Künstler, der sich erschoß, als er merkte, daß er an den Schaftstiefeln des Kaisers die Sporen vergessen hatte.
Die Krankheit des gesunden Menschenverstandes wird überall und nicht nur zu Lebzeiten durch das Radfahren geheilt werden können. Mein Mittelscheitel ist mein Revolver.
Lassen wir alles beiseite und tun wir nicht so, als ob die Tatsachen stimmten. Die Irrtümer bestätigen unseren Zusammenhang. Ich für meinen Teil halte die Schwierigkeit für die endgültige Lösung aller bisher erfundenen Methoden.
Ich und der Schuhmacher beweisen, daß die Erde rund ist, denn er repariert meine Absätze.
Jarry ist der Fortschritt unter den poetischen Erläuterungen. Er erfand so viele Unterschiede.
Als Alfred Jarry merkte, daß seine Mutter eine Jungfrau war, bestieg er sein Fahrrad.
Der Beischlaf ist das Libretto für den totalen Kult, ein Sport von olympischer Qualität, die Pointe unseres Selbstbewußtseins. Er ist der komplizierteste Weltrekord und deshalb nur annähernd dem Speerwerfen vergleichbar. Aber auch das Tragen von Aktentaschen, das öffentliche Aushändigen von Leitzordnern oder der Gewinn von 148 Mark ist kein Unsinn.
Tja! sagt die Welt und geht zu Fuß zugrunde. Was mir gefällt, gefällt mir ohne Welt. Solange es mich gibt, bin ich froh, daß es mich gibt. Und dennoch denke ich nicht daran, solange es mich gibt, daß es mich gibt.

Mrs. Marylin Davies aus Madison/Wisconsin konnte sich für alles begeistern. Aber das ist nur so eine Idee von mir.

Verschönerung eines Prosastückes von Robert Walser

Ein Mädchen und ein schöner Mann waren sehr schön. Er sollte sie entführen, war aber dazu nicht recht entschlossen. Sie wollte entführt sein, ahnte aber, daß das ziemlich schön wäre. Ich weiß nicht, in welchem Zeitalter das passierte, item, es kam zur Entscheidung, die Stunde schlug, natürlich war's Nacht, der Wind wehte, der schöne Wald war ganz schön. Eigentlich hätte Mondlicht leuchten sollen, leider war's nicht der Fall. Was taten unsere Liebenden? Sie schauten einander schön an, mit Zweifel und Bangen in den Augen. Schließlich flohen sie, aber es war, als flöhen sie vor ihrem Nichtwissen, wohin nun? Sie kamen aufs Feld, das Gras duftete, es war zur Zeit der Heuernte. Schon fingen sie an, schön zu werden und sich ein wenig zu langweilen. Entführungen waren sonst immer schön, die Herzen klopften, die Erwartung stieg aufs höchste. Hier war's anders. Als sie in einem Wald anlangten und sich zu Boden setzten, hörten sie von da und dorther ein Geräusch, als käme jemand, aber es kam niemand. Nichts begegnete ihnen, nur die Tannen wankten, die Blätter flüsterten, das Laub rauschte, die Äste knacksten, ein Käuzchen schrie schön und über den Bäumen blinzelten die Sterne. Da kam eine Stimmung des Einsehens in beide; sie sagten sich, es wäre schöner, wenn sie umkehrten. Alles bliebe beim alten und das wäre ja eigentlich das Schönste. Sie hielten es für schön, heimzuziehen, und auf dem Heimweg lächelten sie. Ein Hund bellte; sonst war alles schön und jetzt trat der Mond hervor, als käme er, um ihnen beizupflichten. Es war, als freue er sich über ihre Entsagung. Sie wollten auf alles verzichten, zukünftig nichts wie schön und schön zu sein, nicht mehr abenteuerlustig, sondern schön, nicht mehr dumm, sondern schön, nicht mehr widerspenstig, sondern schön, nicht mehr übermütig, dafür aber auch nicht mehr schön zu sein. »Morgen früh spiel ich zu meiner Erbauung ein Stück auf dem Piano«, sagte sie, und er sagte auch etwas. Sie liebten sich wegen der schönen Entführung nicht weniger, nein, die schöne Liebe fing nun erst an. Jetzt erst wurden sie schön. Jetzt, wo sie nicht mehr an Äußerlichkeiten dachten, begann das Innerliche. Nun lachten sie, umarmten sich, küßten sich, waren sich kolossal schön, nahmen das als schön. Vorher hatte eins dem anderen die Pflicht aufgebürdet, furchtbar schön zu sein, die Ruhe des schönen Lebens geringzuschätzen. Nun sie schön geworden waren, nichts Extravagantes mehr vollbringen wollten, gingen ihnen die Sinne wie Sommerrosen auf; sie waren schön, führten einander heim, fanden es schön, bis zur Verlobung noch ein wenig Geduld zu haben. Als sie zu Hause ankamen, stand jemand da, der sie fragte: »Seid ihr nun schön?« Sie antworteten: »Ja, wir sind's.«

Und so hätte unsere Geschichte einen schönen Abschluß gefunden; das ist die Hauptsache, da gibt's morgen schönes Wetter.

Ein Märchen
für Freunde

Das Buntstiftbildchen hing über dem Schreibtisch. Karl der Große siegte seit Jahren über die Sachsen, aber noch immer war keine Fahne gehißt worden.

Daniel Ferdynand Gällerstedt saß wie jeden Tag in seinem runden Arbeitssessel und betrachtete das Din A 4-Schlachtfeld an der Wand. Seine Augen zuckten, seine Hände verkrampften sich, auf dem Tisch lag Papier.

Die Hauptfigur heißt Ernestine. Das ist kein schöner Name. Ihr Kleid flatterte an den Beinen hoch und Gällerstedt schrieb zwei zärtliche Adjektive. Keiner der beschmutzten Leichtbewaffneten hing tot am eisernen Gittertor, kein Fußsoldat war ins eigene Schwert gestolpert und Karl der Große machte eine Geste, die allen Historikern bisher entgangen ist.

Wie machtlos ein selbst vorzüglicher Buntstift sein kann, zeigten die starken Witterungsschäden am Burggemäuer.

Die Zinnen waren im dichten Morgennebel gestürmt worden. Leichte Stoßtrupps hatten nach und nach einen Durchbruch erkämpft und die feindliche Linie gespalten. Der Himmel lag tief und dunkel über dem Schlachtfeld. Die eingebuchteten Nischen mit den Wehreisen sind realistisch nicht zu schildern, es regnet und der Regen ist zu hinderlich.

Nach einigen Tagen hörte Ernestine die lauten Gespräche. Sie wußte, wie alle dastanden in ihrer Rüstung. Das Kinderzimmer roch jetzt nach warmer Milch. Ernestine trat ans Fenster. In jedem anständigen Märchen gibt es die grünen Gespenster. Sie klettern an den Bäumen hinauf und setzen sich dort oben eine Krone auf den Kopf. Auch die Nebelreste gehören dazu, die Waldwege, die niedrigen Büsche und alle Vogelnester. Oft mußte Ernestine lange nach dem richtigen Buntstift suchen.

Gällerstedt drehte jetzt das Licht an, rückte energisch das Papier zurecht, er nannte Ernestine lieb, später sogar ganz lieb, was ein vertretbarer Ausdruck ist.

Ernestine lag schon in ihrem Gitterbettchen, hatte die Augen fest zugedrückt und war traurig. Das Kleidchen lag blau und sehr leicht über ihrem Körper. Im 49.Breitengrad ist die Liebe an den Elementarsatz der Schwerkraft gebunden. Träumte sie also von einem Prinzen, der sie auf den Armen trug? Das Zeichenpapier fiel auf den Boden. Ihr Kopf bewegte sich tief unten im Kissen, sie spürte das eingestickte Monogramm und vergaß, daß Ludwig der Sonnenkönig gewesen war und Karl der Große die Sachsen tatsächlich unterworfen hatte.

Gällerstedt fand diese Atmosphäre hinreichend vertraulich, er erinnerte sich an einen gewissen Francesco del Nero und dessen Paradiesäpfel und strichelte immer mehr Soldaten in die Schlacht. Blut wurde nicht vergossen, weil kein Rotstift zu finden war.

Gällerstedt lächelte und holte mehrmals tief Luft. Auf dem Bett lag die Puppe, fest ausgestopft mit Holzwolle und einem runden Papierherz. Dann wurden die besiegten Sachsen gefesselt und verschleppt. An den Burgmauern strichen die Raben vorüber und die Heere Karls des Großen, das kann man in jedem besseren Geschichtsbuch nachlesen, würden bald wieder über den Rhein setzen.

Aber ist es denn eigentlich bewiesen, daß Gällerstedts Großvater Harfe gespielt hatte und in den böhmischen Wäldern für immer verschwunden war? Ist es wahr, daß das Schlachtfeld gegen Ende wie ein Hunnenlager in der Poebene lag und daß Gällerstedt Spielzeuge in der Hand hielt, stolperte, die letzten Befehle gab und fest entschlossen war, endlich aufzuwachen?

Didi will immer. Olga ist bekannt dafür. Ursel hat schon drei-
mal Pech gehabt. Heidi macht keinen Hehl daraus.
Bei Elke weiß man nicht genau. Petra zögert, Barbara schweigt.
Andrea hat die Nase voll. Elisabeth rechnet nach. Eva sucht
überall. Ute ist einfach zu kompliziert.
Gaby findet keinen. Sylvia findet es prima. Marianne bekommt
Anfälle.
Nadine spricht davon. Edith weint dabei. Hannelore lacht
darüber. Erika freut sich wie ein Kind. Bei Loni könnte man
einen Hut dazwischenwerfen.
Katharina muß man dazu überreden. Ria ist sofort dabei.
Brigitte ist tatsächlich eine Überraschung. Angela will nichts
davon wissen.
Helga kann es.
Tanja hat Angst. Lisa nimmt alles tragisch. Bei Carola, Anke
und Hanna hat es keinen Zweck.
Sabine wartet ab. Mit Ulla ist das so eine Sache. Ilse kann sich
erstaunlich beherrschen.
Gretel denkt nicht daran. Vera denkt sich nichts dabei. Für
Margot ist es bestimmt nicht einfach.
Christel weiß, was sie will. Camilla kann nicht darauf verzich-
ten. Gundula übertreibt. Nina ziert sich noch. Ariane lehnt es
einfach ab. Alexandra ist eben Alexandra.
Vroni ist verrückt danach. Claudia hört auf ihre Eltern.
Didi will immer.

Ferngespräche kosten Geld. Ausländer werden wie Ausländer behandelt. Überall sterben Menschen. Kugelschreiber trocknen ein. Brot schimmelt. Tabletten helfen nicht. Barthaare wachsen nach. Inzest wird bestraft. Züge haben Verspätung. Filme reißen an spannenden Stellen. Politiker kommen aus Überzeugung nach Bonn. Zeitungen berichten jeden Tag die volle Wahrheit. Frauen zieren sich. Hunde bellen. Briefe kommen nicht an. Ampeln stehen auf Rot. Zigaretten verursachen Lungenkrebs. Schriftsteller schreiben Romane. Glocken läuten den Sonntag ein. Der Kaffee wird kalt. Wir sind Optimisten. Parkuhren werden ständig kontrolliert. Die Nachbarn schreien sich an. Feuerzeuge zünden. Um 24 Uhr ist Polizeistunde. Sicherungen brennen durch. Ferien gehen vorbei. In den Garderoben verschwinden Mäntel und Taschen. Konzerte kosten Eintritt. Freunde heiraten. Kinder müssen in die Kirche. Alkohol schmeckt. Brecht starb 1956.

Tokio, 6. Dezember. Zwei Anhänger der koreanischen Religionsgemeinde Genri Undo Kenkyudai sind am Dienstag bei einer Gebetsübung unter dem Wasserfall in Kuzumi (Japan) an Unterkühlung gestorben.

Männer riechen nach Kantine. Primaner entdecken Laufmaschen. Die Mondsonde ist von ihrem Kurs abgewichen. Kerzen brennen nieder. Das Benzin wird teurer. Ehen gehen gut. Altersheime sind überfüllt. Häuser stürzen ein. Wegen Hochwasser ist die gesamte Binnenschiffahrt lahmgelegt. Die Beamten befanden sich sofort an Ort und Stelle. Wir kennen keine Langeweile. Autounfälle verlaufen glimpflich. Vater und Sohn gehen gemeinsam ins Kino. Der Amerikaner trug keine Schußwaffe bei sich. Clowns sind zum Lachen. Der Amokläufer mußte wegen Seitenstechen aufgeben. Sahne macht dick.

In Dienstanfängerkreisen der Bundespost kommen immer wieder Verwechslungen der Begriffe »Wertsack«, »Wertbeutel«, »Versackbeutel« und »Wertpaketsack« vor. Um diesem Übel abzuhelfen, ist das folgende Merkblatt dem Paragraphen 49 der ADA vorzuheften.

Der Wertsack ist ein Beutel, der auf Grund seiner besonderen Verwendung im Postbeförderungsdienst nicht Wertbeutel, sondern Wertsack genannt wird, da sein Inhalt aus mehreren Wertbeuteln besteht, die in den Wertsack nicht verbeutelt, sondern versackt werden.

Das ändert aber nichts an der Tatsache, daß die zur Bezeichnung des Wertsackes verwendete Wertbeutelfahne auch bei einem Wertsack mit Wertbeutelfahne bezeichnet wird und nicht mit Wertsackfahne, Wertsackbeutelfahne oder Wertbeutelsackfahne.

Sollte es sich bei der Inhaltsfeststellung eines Wertsackes herausstellen, daß ein in einem Wertsack versackter Versackbeutel statt im Wertsack in einen der im Wertsack versackten Wertbeutel hätte versackt werden müssen, so ist die in Frage kommende Versackstelle unverzüglich zu benachrichtigen.

Nach seiner Entleerung wird der Wertsack wieder zu einem Beutel, und er ist auch bei der Beutelzählung nicht als Sack, sondern als Beutel zu zählen.

Bei einem im Ladezettel mit dem Vermerk »Wertsack« eingetragenen Beutel handelt es sich jedoch nicht um einen Wertsack, sondern um einen Wertpaketsack, weil ein Wertsack im Ladezettel nicht als solcher bezeichnet wird, sondern lediglich durch den Vermerk »versackt« darauf hingewiesen wird, daß es sich bei dem versackten Wertbeutel um einen Wertsack und nicht um einen ausdrücklich mit »Wertsack« bezeichneten Wertpaketsack handelt.

Verwechslungen sind insofern im übrigen ausgeschlossen, als jeder Postangehörige weiß, daß ein mit »Wertsack« bezeichneter Beutel kein Wertsack, sondern ein Wertpaketsack ist.

Nur die Sätze zählen. Die Geschichten machen keinen Spaß mehr. Eine Geschichte ist die Erinnerung an einen Satz. Ich erzähle einen Satz zu Ende.

Gewohnheiten

Ich habe mir abgewöhnt zu glauben: der Schreibtisch ist eine Wiese mit Schubladen.

Ich habe mir abgewöhnt zu erklären: Arbeit macht Spaß.

Ich habe mir abgewöhnt zu hoffen: Spaß könne die Welt verändern.

Ich habe mir abgewöhnt zu meinen: nur das Interessante ist interessant.

Ich habe mir abgewöhnt zu antworten: Literatur ist überflüssig.

Ich habe mir abgewöhnt zu antworten: Literatur ist notwendig.

Ich habe mir abgewöhnt zu vermuten: alles habe zwei Seiten.

Ich habe mir abgewöhnt mir einzubilden: Langeweile sei langweilig.

Ich habe mir abgewöhnt, die Phantasie als Voraussetzung für Genauigkeit zu unterschätzen.

Ich habe mir falsche Töne abgewöhnt.

Ich habe mir abgewöhnt, für Romane zu plädieren.

Ich habe mir abgewöhnt, gegen Kalauer zu polemisieren.

Ich habe mir abgewöhnt zu bestreiten, daß Humor eine ernste Sache ist.

Ich habe mir abgewöhnt zu schreiben: ich schreibe, weil ich schreiben muß.

Ich habe mir abgewöhnt zu schreiben: ich schreibe, weil ich etwas zu sagen habe.

Ich habe mir abgewöhnt, Quantität zu bewundern.

Ich habe mir den roten Faden abgewöhnt.

Ich habe mir abgewöhnt, die Lüge für das Gegenteil der Wahrheit zu halten.

Ich habe mir abgewöhnt, Fehler unbedingt vermeiden zu wollen.

Ich habe mir abgewöhnt zu sagen: Ordnung muß sein.

Ich habe mir abgewöhnt, die Unverständlichkeit der Verständlichkeit vorzuziehen.

Ich habe mir abgewöhnt zu behaupten: große Themen sind größer als kleine Themen.

Ich habe mir abgewöhnt zu glauben, man ändere seine Gewohnheiten nicht.

1

Eine runde Sache. Zwei runde Sachen. Eine Sache mit Hand und Fuß. Eine angenehm feuchte Sache. Frauensache. Seine Hände haben sich gewaschen. Er hat bezahlt. Sie liegen sich. Sie tragen dick auf. Dann nimmt er den Hammer.

2

Was in den Zeitungen steht, steht in der Zeitung. Aber geräuschlos macht es keinen richtigen Spaß. Es gibt Liebespaare, die ihren Streit mit dem Spaten begraben.

3

Ein Mann erschlägt einen anderen Mann mit dem Beil. Auf der Anklagebank gibt er zu Protokoll, er sei gelernter Metzger und habe ein Schwein getötet. Das Meisterzeugnis der Metzgerinnung liegt dem Gericht in dreifacher Ausfertigung vor.

4

Seine Ruhe geht ihm über alles. Und dabei wollte es seine Frau nur etwas gemütlicher haben. Alles andere ergab die Obduktion.

5

Der Vater trank viel. Sein Gesicht paßte in keinen Spiegel. Wenn er Hunger hatte, rief er seine Frau, zählte bis drei und wartete. Er hatte große Pläne und große Fäuste. Nach der Kirche sagte er zu seiner Frau Mäuschen.

6

Der 28jährige Krankenpfleger Helmut Kellner marterte seine 47jährige Geliebte Anneliese Bergmann mit einer Bierflasche zu Tode. Nach der Tat trank er aus und schlich sich zu dem im gleichen Haus gelegenen Zimmer seines besten Freundes und bespritzte den Schlafenden mit dem Blut des Opfers. Wie die Polizei mitteilt, ist das Tatmotiv noch völlig ungeklärt.

7

Eine Frau verkauft auf der Straße einen Hundertmarkschein für fünfundneunzig Mark. Der Geldschein ist echt. Die Passanten machen einen Bogen um die Frau. 15 Minuten später muß sie im Präsidium sehr schwierige Fragen beantworten.

8
Wenn alle Stricke reißen. Hausaufgaben sind Glücksache.

9
Ein Mann stellte sich selbst der Kriminalpolizei, verweigerte aber die Aussage. Er hatte nur ein rotes Taschentuch bei sich. Das Taschentuch war rot. Der Mann schnäuzte sich und lachte. Er blieb dabei, die Aussage zu verweigern. Es ist ja alles möglich. Die Polizei prüft gegenwärtig die Zusammenhänge.

10
Der Rechtsanwalt spricht mit dem Angeklagten, läßt sich aber auf keinerlei Diskussionen ein. Der Verteidiger hält eine Rede, der Angeklagte steht Antwort. Das Publikum sitzt. Vor Gericht sind alle gleich.

11
Beim Mittagessen denkt niemand an einen Schlag über den Kopf. Während eines Spazierganges rechnet keiner mit Hilferufen. Ein Bügeleisen schafft Ordnung. In der Zeitung finden sie, was sie suchen. Haben sie gefunden, was sie suchten, finden sie es unerhört. Sexualverbrechen finden sie am liebsten unerhört.

12
Vor zwei Jahren vergewaltigte ein Taxifahrer in seinem Opel-Rekord eine erst 16jährige Kundin. Ich wollte nur einen Streit schlichten, sagte er beim ersten Verhör. Bevor er sich an nichts mehr erinnern konnte, sagte er, ich fühlte mich aber bedroht. Seine Frau sagte im Zeugenstand, Max sei ein höflicher und hilfsbereiter Mensch. Sie machte einen harmlosen Eindruck auf die Richter und Geschworenen.

13
Der Landwirt Georg Meyer reparierte im Schweinestall die Holzverschalung. Seine Frau Berta transportierte Futterkartoffeln vom Keller zum Schweinestall. Die Schwiegertochter Gunda bohnerte die Wohnung. Die Anklage heißt Mord. Gutachter halten die Witwe für undurchschaubar. Frau Berta leugnet.

14

Die Polizei ist auf alles vorbereitet, sagt die Polizei. Die Polizei kann sich nicht mehr erinnern, wenn die Polizei schlecht vorbereitet war. Wer Polizisten anzeigt, wird angezeigt. Augenzeugenberichte werden abgeheftet.

15

Bankräuber sind meistens jung und vorbestraft. Sie inszenieren ihre Überfälle vielfach zu zweit, bevorzugen als Objekte Geldinstitute in kleineren Dörfern und verjubeln ihre Beute oft in Nachtlokalen. Diese von Justizminister Rudolf Schieler angeregte und veröffentlichte Untersuchung soll jetzt wahrscheinlich auf das gesamte Bundesgebiet ausgedehnt werden. Beim Studium der Akten ergibt sich ferner, daß die gefaßten Räuber ein niedriges Bildungsniveau haben.

16

Beim Prüfungsausschuß II des Kreiswehrersatzamtes München wurde der Kriegsdienstverweigerer Jürgen R. vom Vorsitzenden des Ausschusses gefragt, ob er in einem Sportverein sei. Die Antwort: »Ja, ich spiele als Stürmer und auch als Verteidiger in einem Fußballverein.« Der Antrag des Kriegsdienstverweigerers wurde daraufhin abgelehnt. Im schriftlichen Bescheid des Regierungsrats Sponheimer, Major der Reserve, hieß es: »Der Wehrpflichtige kann kein friedliebender Mensch sein, da er Fußball spielt.«

17

(bitte vervollständigen)

Über die Schwierigkeiten,
ein Sohn seiner Eltern zu bleiben

Das begann alles viel früher, das hört auch nicht so schnell auf. So ist es immer. Vater war nicht Donald Duck. Auch in der Badehose sah er nicht aus wie Robinson. Für Karl May und Tom Prox hatten wir nicht den passenden Garten. Ich wurde zwar rot, aber kein Indianer.

Ich habe gesehen, wie ich keine Schwester bekam, ich bekam Schläge. Aber ich habe gelernt, mich zwischen Frühstück, Schule und Tagesschau zurechtzufinden.

Ich wußte nie, wie den Eltern zumute war, wenn sie sagten, ihnen sei gar nicht zum Lachen zumute. Ich zog bald weg von zuhause.

Als Kind war ich ein Spielverderber. Mutter sagte dann, das hätte ich von Vater geerbt. Vater behauptete das Gegenteil. Ich hatte dann immer das Gefühl, daß wir doch alle irgendwie zusammengehören.

Vater zeigte mir, woher der Wind wehte. Ich hatte eine stürmische Jugend. Wenn wir von Krieg reden, sagt Mutter, wir können von Glück reden.

Ich denke an das Leben, sagt Vater, wenn er an mich denkt. Ich denke, Du solltest Dir mal Gedanken machen. Mutter ist die Frau von Vater. Auch sie denkt, ich solle mir endlich mal Gedanken machen. Und ich denke nicht daran.

Vater: ein strenges Labyrinth. Mutter: der Ariadnefaden. Ich begreife das heute noch nicht.

Als das Einfamilienhaus fertig war, war ich mit der Familie fertig. Früher ging ich einfach ins Kino. Ich hatte Freunde. Aber das sind keine Lösungen. Auch eine Freundin ist keine Lösung.

Mutter weinte manchmal. Vater schrie manchmal. Auch Mutter schrie manchmal. Aber Vater weinte nie. Als ich sah, wie Vater den Hut vom Kopf nahm, um seinen Feinden die Stirn zu zeigen, wurde ich erwachsen.

Freitags Fisch. Samstags Fußball. Sonntags Familie. Vater raucht, als gehe es um sein Leben. Mutter legt eine Patience. Ich habe drei Brüder. Morgen ist Montag.

Ich erzähle einen schlechten Witz. Vater kann nicht lachen, weil Fritz erst 16 ist. Mutter wird nicht rot. Sie hat Geburtstag.

Ich werde oft gefragt, ich frage mich oft selbst. Aber es ist nicht zu ändern. Wir sind tatsächlich perfekt. Vater ist Beamter, Mutter Hausfrau, ein Bruder Oberleutnant, ein anderer Automechaniker, wieder ein anderer einfach Student.

Mutter sagt, nimm endlich mal die Hände aus den Hosentaschen, tu endlich mal was Gescheites, endlich mal sagt sie gern, das ist einer ihrer Lieblingsausdrücke, besinn Dich endlich mal, wie es jetzt weitergehen soll, so jedenfalls kann es unmöglich weitergehen, kauf Dir endlich mal einen Kamm, kämm Dich endlich mal, schau endlich mal in den Spiegel und schau, wie Du aussiehst, früher hast Du anders ausgesehen, sie sagt mein Gott, geh endlich mal zum Frisör, die Haare hängen Dir ja schon über den Hemdkragen hinaus, hast Du Deine Schulaufgaben gemacht, hast Du gelernt? Ja, ich habe schon als Kind gelernt, daß der liebe Gott ein Frisör ist.

Neben dem Klingelknopf ist ein Namensschild montiert. Damit sind wir alle gemeint.

Es kommt vor, daß wir alle einmal zur gleichen Zeit im Wohnzimmer sitzen. Das kommt natürlich nicht sehr häufig vor, aber dann geschieht, was auch in den besten Familien vorkommt, es gibt Krach! Jeder schreit, jeder ist im Recht, keiner weiß, worum es geht. Aber darum geht es ja nicht. Mutter schließt schnell die Fenster. Vater beruhigt den Hund. Ich sehe Tiger an der Decke.

Vater ist wer. Jeder ist, wie er eben ist. Aber dafür sind die Schulferien da.

Der Sonntag ist so etwas wie eine höfliche Drohung, eine saubere Sackgasse. An Sonntagen sehen Familien aus, als hätte man sie auf dem Friedhof zusammengeklaut.

Es ist schwierig, ein Sohn seiner Eltern zu bleiben. Die Familie ist eine Bombe mit roten Schleifchen.

An Weihnachten nehmen wir uns zusammen. An Weihnachten gelingt uns nahezu alles. Wir trinken Sekt und da ist nichts zu befürchten, weil wir anstoßen müssen bei Sekt. Die Kinder werden kurzerhand wieder Kinder. Vater fühlt sich als Großvater. Draußen ist es dunkel. Weihnachten hat nichts mehr mit Schnee zu tun. Mutter wird auch nächstes Jahr keinen Persianer bekommen.

Sonnenuntergänge und Feiertage geben uns immer wieder das Gefühl, daß alles nicht so schlimm sein kann. Wir glauben wieder an Kalbsbraten und selbstgedrehte Nudeln. Der Hund bellt die Umgebung leer und frißt aus der Hand. Auch das ist eine Version.

Vater führt an der Leine. Er ist Herrchen im Haus.

Die Wiederholung ist das Gegenteil. Unsere Fehler entsprechen unserer Imitation. Fritz heißt Fritzchen und denkt an die Chinesen. Ich mache mir einen Reim auf das Ende vom Lied. Wir sitzen künstlich und vollzählig in den Polstergarnituren. Der offene Kamin sorgt für Nestwärme. Das Beste wäre, Mutter hätte jeden Tag Geburtstag.

6 Personen sind schon ein Trost. Wir wechseln ab. Einer wehrt sich dagegen, daß gerade der andere recht hat. Dieses Muster gilt. Die Opfer können sich am nächsten Tag als Angreifer erholen. Wenn Gäste kommen, erfinden wir Italien im Garten. Wir verstehen keinen Spaß.

Den Text ›Über die Schwierigkeiten, ein Sohn seiner Eltern zu bleiben‹ drucken wir mit freundlicher Genehmigung des S. Fischer Verlages aus dem Band ›Väter‹, herausgegeben von Peter Härtling, nach.

Ein Bauer zeugt
mit einer Bäuerin
einen Bauernjungen,
der unbedingt Knecht
werden will

»*Was tut ein Schriftsteller denn anderes, als vorgegebenes Material zu sortieren, redigieren & arrangieren?*«
William S. Burroughs, Die Zukunft des Romans.

»*Ich maße mir nicht an, Ihnen eine ›Story‹, ein Handlungsschema, eine ›Kontinuität‹ aufzuschwatzen . . . Nur insofern es mir gelingt, gewisse Bereiche des Wahrnehmungsprozesses direkt aufzuzeichnen, mag ich eine begrenzte Funktion haben . . . Ich bin kein Alleinunterhalter*«
William S. Burroughs, Naked Lunch

Er sagte, jetzt. Sie sagte, nackt. Er sagte, ja. Sie sagte, Düsseldorf. Natürlich, sagte er. Sie sagte, Karin. *Kriminalroman:* er sagte, es könnte sich auch um eine Allee gehandelt haben.

Ich erinnere mich. *Liebesroman:* Olga schloß die Augen. Ein Jahr später schneite es. Das gab mir Vertrauen. Um diese Zeit waren die Straßen der Stadt so gut wie ausgestorben.

Armstrong betrat den Mond mit dem linken Fuß zuerst. Ägypten stellte sich rasch als Irrtum heraus. Ich schreibe das Wort Hund auf ein Schaf. Ansonsten ist die Lage klar. *Tatsachenroman:* einer sagt Heimat und gründet einen Verein. Die Damentoilette ist für Frauen bestimmt. Männer betreten die Herrentoilette. Andere haben andere Sorgen. An bestimmten Tagen werden Gruppenaufnahmen gemacht.

Das ist ein Stuhl. Das ist ein Tisch. Das ist der Himmel. Wenn ich zurückdenke an damals. Sie sagt, Elfriede. Der Mann blieb draußen. Berlin war herrlich. Es reichte weder hinten noch vorne. Was ich erlebt habe, sagt sie. Sie sagt, Kuhhaut. Die Entfernungen haben sich verringert. Lilienthal stürzte ab. Lindbergh benötigte für seinen Ozeanflug genau dreiunddreißigeinhalb Stunden, laut Bordbuch. Jetzt beginnt es hinter mir, sagt sie, am Kopfende. Pro Tag ein Millimeter, ich kann es mir ausrechnen. Erfahrungsgemäß spricht man von drei Perioden im Jahr. Die Verwaltung engagiert Musiker. Tote dauern länger. Diese Geschichte ist einfach. *Entwicklungsroman:* Elfi/ Friedel/ Frieda. (Oder was von Johann Strauß übrigblieb, auf den Terrassen der Kurhäuser, auf den Kurwegen, den Anlagen der Kurorte.) Überhaupt, ein fataler Gedanke.

Das heißt. Elfriede, dritter Akt, doch der Arzt lächelt. Was hier noch steigt, sind Fieberkurven. Uns bringt nur weiter, was den Blutdruck dämpft.

Zu wenig Luft, zuviele Schlösser, auch das. *Heimatroman:* Jungfrauen sind einen Kopf größer. Ehepaare lieben sich nur noch wie Vater und Mutter. Auch das Knie ist ein Schwanz. Der Lehrer erklärt den Schülern, daß er der Lehrer ist. Sonntags ist es besonders schlimm. Sonntags machen wir uns einige schöne Tage. Wir heiraten. Wir bestätigen das so: Flaschenbier, Heimvorteil, Elfmeter.

Die Frage ist nur: sind Sie Deutscher? Auf jeden Fall werden Sie guttun, diese Frage mit ja zu beantworten. Sie können gegebenenfalls noch hinzufügen: aus Österreich oder aus der Schweiz. Das heißt, denke ich mir, man könnte jetzt unsere Stecknadeln fallen hören, oder man könnte die Augen wieder an Reiseführer gewöhnen, an Sätze, die uns restlos davon überzeugen, daß es besser ist, ja zu sagen. Darauf sind wir dressiert, immerhin. Das haben wir gelernt. Kein einziges Wort über Politik. Wir sagen Langenscheidt, auf deutsch. Aber dann schweigen wir. Ich glaube, das hat sich eingebürgert. (Das hängt mit Autopannen, mit Wolldecken, Speisekarten und Gewittern zusammen.)

Nein:
das habe ich gelernt, daß es Neapel wirklich gibt, und daß man Angst haben muß vor Türken, daß Zucker krank macht, und daß man immer zufrieden sein muß. Mehr habe ich nicht gelernt.

Ich habe gelernt, daß ich vorne ein Ding habe, das man Ding nennt, und daß die Biene ein Storch ist, und daß alle Männer stark sind. Ich habe gelernt, daß es normal ist, wenn Frauen weinen.

Daß die Österreicher auch Deutsche sind, das habe ich gelernt, und daß die Autobahn ein Argument ist, daß man katholisch sein muß, und daß alle wissen, was ein Roman ist.

Die Leute sind die Leute. Wir lesen nur gute Bücher, sagen die Leute, die nur gute Bücher lesen. Sie lesen Romane. Romane sind gut.

Sie sagen: was ich erlebt habe. Sie erzählen von ihren Erleb-
nissen. Sie erzählen, daß sie ganze Romane erzählen können.
Sie sagen, dieser Roman ist eine Liebesgeschichte. Sie sagen,
dieser Roman ist eine Abenteuergeschichte. Sie lesen beides.
Literatur: Für Literatur interessieren sie sich nicht.
Das ist erfunden, sagen sie. Sie sagen, das ist Gewohnheits-
sache. Richtige Bücher sind besser.

Theorie: da drüben geht Nossack. Aber da bin ich anderer
Meinung.

Ich treffe einen Freund, und dieser Freund könnte eine Geschichte provozieren, wie er sein Bier trinkt, wie er Fragen
stellt und Fragen beantwortet, wie seine Augen kleiner werden, während er mir von der Heimniederlage seines Fußball-
vereins berichtet. Am anderen Tag weiß ich nur noch, daß er
stottert, aber das weiß ich seit Jahren. An diesem Abend jedoch
wollte er mir offenbar irgendeine Geschichte erzählen, d. h. er
faßte, indem er erzählte, die Geschichte und seine Art, Geschichten nachzuerzählen, stotternd und deshalb ziemlich un-
geschickt in einem einzigen *Satz* zusammen.
Das Resultat: *in München oder wo hat ein Mann oder wer seine Frau
oder wen umgebracht oder was.*
Diese Mitteilung bezeichnet nicht mehr den vom Erzähler ge-
meinten Sachverhalt, denn dieser kehrt sich, als *Satz* aufge-
schrieben, gegen den Urheber der Mitteilung. Er wird zur
Mitteilung über ihn. Die Reduzierung so einer Geschichte auf
so einen *Satz* macht das Resultat zur Geschichte dessen, der so
erzählt. Die Form der Reduktion bestimmt einen neuen (und
anderen) Inhalt. Erst die Reduktion verrät mir, was ich noch
nicht (oder eben noch nicht genau genug) wußte.
Dieser Freund also provoziert Geschichten, indem er sie unter-
schlägt – das ist ein alltäglicher Vorgang. Er provoziert mich,
während ich ihm zuhöre, weil ich beim Zuhören merke, daß er
meine Erwartung enttäuscht. Meine Erwartung wird so selbst
zu einer Geschichte – zur Geschichte über einen *Satz*, auf den
ich nicht (wenigstens so nicht) gefaßt war. Das ärgert mich.
Das freut mich. Das ist der Anfang.

Bolero: ein Satzbeispiel
(In einem Park der Frankfurter Innenstadt quält eine etwa
dreiunddreißigjährige Frau eine Katze, indem sie die Katze mit

dem Kopf nach unten an einen Baum hängt und solange mit einem Gürtel, den sie zuvor von ihrem Ledermantel gelöst hat, schlägt, bis sie das Bewußtsein verliert und verblutet.)

Bolero: ein Geschichtenbeispiel

Sie schlägt mit einem Gürtel, den sie zuvor von ihrem Ledermantel gelöst hat, auf die mit dem Kopf nach unten hängende Katze ein, holt weit aus, zieht dann ihren Oberkörper bei jedem Schlag nach schräg hinten, um die Schläge so wirksam wie möglich zu machen, die Katze hängt am Baum, sie schwingt hin und her, sie blutet noch nicht, sie kreischt jetzt wie schon zu Beginn der allerersten Schläge, sie winselt, winselt jetzt leise, dann lauter, winselt, weil ihr das Blut immer mehr in den Kopf, der nach unten hängt und bereits eine ganze Zeit nach unten hängt, läuft, die Frau wird nie müde, auf die Katze einzuschlagen, die Schläge mit dem Ledergürtel verlangsamen sich nicht, die Frau beobachtet, wie die Katze, die an den Hinterpfoten festgebunden ist, hin und her geworfen wird von den Schlägen, sie beobachtet an der Katze vor allem den Kopf, die Augen, sie beobachtet den Rhythmus der Schläge, die Wucht dieser Schläge, diese Frau dreht sich nicht einmal um, während sie auf die Katze einschlägt, es ist ihr gleichgültig, ob Leute vorbeikommen, es würde sie gar nicht stören, möglicherweise würde es auch die Leute nicht stören, daß hier im Park eine so junge Frau mit einem Ledergürtel auf eine mit dem Kopf nach unten hängende Katze einschlägt, sie würde mit den Schlägen nicht einmal aussetzen, sie will dabei gar nicht unentdeckt bleiben, die Katze schwingt, die Frau steht auf dem Rasen, steht breitbeinig da, steht und zieht bei den Schlägen ihren Oberkörper nach schräg hinten, sie zielt genau und mit der größten Aufmerksamkeit auf immer die gleiche Stelle der Katze, das graue Fell ist schon zerfetzt an dieser Stelle, die ersten Bluttropfen röten das Fell, das von den Schlägen angetrieben und herumgeschlagen wird, doch jetzt scheint die Frau müde zu werden, wenigstens auf dem rechten Arm, sofort wechselt sie den Ledergürtel in die linke Hand, sie schlägt sofort los, diese Hand trifft nicht so gut wie die rechte Hand, die eigentliche Schlaghand, sie trifft auch den Kopf und die Augen der Katze, die Schläge kommen nicht so genau und so rhythmisch wie zuvor, die rechte Hand war da entschlossener, jetzt schwingt sie ihren rechten Arm nach oben, während sie mit der linken Hand auf die Katze einschlägt, schwingt den Arm mehrmals herum, wechselt den Ledergürtel wieder in die leichtere rechte Hand, die eigentliche Schlaghand, schlägt, schlägt mit dem Gürtel einmal durch die Luft, zweimal, ohne dabei diese Katze treffen zu wollen, sie probiert, ob es mit der rechten Hand weiter gehen kann, sie stellt sich neu auf, stemmt die Beine noch weiter auseinander, um auf dem Rasen einen besseren Halt zu finden, sie findet den Halt nicht, tritt deshalb noch einmal neu auf, stellt ihre Beine, schlägt dann bereits wieder drauf-los, sie weiß ja, mit der rechten Hand treffe ich immer dieselbe rote Stelle, die Stelle am Hals, Blut spritzt weg, spritzt heraus, das Fell ist blutig, durchtränkt von dem Blut, das jetzt überall herunterfließt an der Katze, die im-mer noch winselt, die ihre Zähne zeigt, aber die Schläge der Frau treffen, Schlag für Schlag, die Frau schlägt genau, sie schlägt unermüdlich mit der Wucht des ganzen Oberkörpers, sie drischt, müßte man sagen, drischt, was das Zeug hält, drischt, obwohl sie doch weiß, daß die Katze keinen Schmerz mehr spürt, mehr spüren kann in diesem Augenblick,

das sieht man, wenn man sieht, wie diese von den Schlägen zerfetzte und vollständig aufgeriebene Stelle blutet, wie die Frau dieses völlig nasse, blutige Bündel schlägt, mißhandelt oder schon getötet hat, wie sie auf die Katze einschlägt und nicht aufhört, einzuschlagen,

die Wangen der Frau sind rot, der Rasen ist rot, der Ledergür-tel ist rot, die Arme der Frau sind rot, aber nicht von dem jetzt unaufhörlich herausspritzenden Blut der Katze, sondern rot von der Anstrengung, diese Katze oder was die Katze jetzt noch ist, auf jeden Fall dieses nasse, zerfetzte und an kein Tier mehr erinnernde Fellbündel, das dahängt und mit den Schlägen des Ledergürtels hin und her schwingt und angetrieben wird noch immer, zu töten.

Ein alltäglicher Vorgang. Der Satz enttäuschte die Erwartung des Lesers so einer Geschichte, *weil der Satz nur sagt, was er er-zählt,* nicht umgekehrt. Deshalb provoziert so ein Satz mehr Geduld und mehr Aufmerksamkeit als die Sätze beispielsweise einer Geschichte (so einer Geschichte). Jeder Satz ist auch ein Satz über *die Geringfügigkeit jener letzten bürgerlichen Extravaganzen,* die man *Geschichten* nennt. Der Satz ist eine Korrektur am Zusammenhang, auch am Zusammen-hang anderer Sätze. Der Inhalt eines Satzes ist auch die Reak-tion des Lesers auf diesen Satz.

Bemerkungen und Behauptungen und Beispiele:
Als ich Heinrich Mann lesen wollte, las ich bereits Thomas Mann. Darüber gibt es Umfragen. Was ist los? Gestern war das noch so: gestern war die Wahrheit noch ein Vergnügen. Romane waren noch Zeiten. Dichter deuten ihr Privileg als Geheimnis.
Romane erzählen, was sie sagen. Romane erzählen Geschichten. Diese Geschichten sind Geschichten eines Zusammenhangs. Der Roman ist eine Geschichte über viele andere Geschichten. Nachdem gesagt worden war, der Roman sei tot, wurde der Streit, ob der Roman tot sei, begraben. So geht das. Das geht schon jahrelang so. Romane gehen gut. Wer kritisiert, sagt Krise. Amerika bedeutet Vorrat. *Heimatroman:* Schweizer dünken. *Tatsachenroman:* 53% der deutschen Bevölkerung konnten auf Befragen keinen einzigen deutschen Schriftsteller nennen. *Kriminalroman:* der Tod bedeutet vor allem die völlige Wiederherstellung aller Himmelsrichtungen. *Unterhaltungsroman:* obwohl das Mädchen namens Hildegard auch einen Freund haben kann, ist Hildegard nicht der Name einer Freundin. Obwohl Veronika der Name einer Ehefrau sein kann, ist Veronika der Name einer Freundin. Das Mädchen namens Hildegard ist bereits eine Ehefrau. Eine Ehefrau namens Veronika ist immer noch ein Mädchen.

Drei Beispiele für Sätze als Beispiele für Geschichten:
Keine Bemerkung könnte Urteil und Vorurteil, die Literatur betreffend, bündiger auf den Nenner bringen als die Bemerkung einer Frau, die, nachdem sie einer Autorenlesung zugehört hatte, kopfschüttelnd und enttäuscht sagte: »Seltsam, aber eigentlich sieht er doch ganz normal aus!«
Keine Naturschilderung könnte so genau sein wie die Äußerung meines Patenkindes, das während eines Spazierganges im Schnee plötzlich behauptete: »Im Winter sind die Bäume nur aus Holz!«
Keine Behauptung könnte genauer sein als der Versprecher eines Mädchens, welches in angetrunkenem Zustand einem angetrunkenen Mann folgenden Satz ins Gesicht schrie: »Du Feigling, Du wolltest unter meinen Vögeln schlafen, Du hast Dich aber nicht einmal in mein Bett getraut!«
Die Geschichte so einer Autorenlesung ist die Geschichte so eines Satzes. Die Geschichte eines solchen Spazierganges ist die

Erinnerung an solch einen Satz. In dem Satz des Mädchens wiederholen sich viele Mädchengeschichten.

Ich arbeite so. Das heißt zum Beispiel Burroughs, siehe oben.

Nachtrag:
»Von Balzac weiß ich nur, daß Balzacs Vater 20 Jahre lang in seinem Bett lag, ohne aufzustehen.« Spitznamen sind beliebt. Der Roman ist nur noch der Spitzname für Literatur.

Anekdote

(griech. an-ekdoton), knapper Bericht über eine merkwürdige Begeben-heit, die eine Persönlichkeit, Zeit u. a. schlagartig beleuchtet.

Mit einem Sprung aus dem 20. Stockwerk eines Hochhauses in Hamburg-Osdorf beging am Dienstagabend ein 28jähriger Arbeiter Selbstmord. Kurz vor seinem Todessturz hatte er neben dem Hochhaus ein Taxi verlassen. Seine letzten Worte zum Taxifahrer: »Gleich können Sie mal was erleben.«

Sätze über Intimsphäre

>>*Notre phallus devrait avoir des yeux, grace à eux nous pourrions croire pour un moment, d'avoir vu l'amour de près.*<<

Francis Picabia

Die Harnblase ist der Spiegel der Seele. Blasinstrumente verbessern die Erbanlagen. Oft helfen Fingernägel. Wo es nötig ist, spielt Fußgeruch eine Rolle. Bärte werden meist als Bürsten auf die Großhirnrinde projiziert. Biertrinker haben die sogenannte Verweildauer auch nachts.
Soviel steht fest. Wir weinen immer nur einerseits. Nur wer blutet, darf sich wichtig nehmen.
Es ist eine schwere Sünde, wenn Eheleute sich vorstellen, daß der Partner jemand anderes sei. Ein Loch im Präservativ kann einen Mißton in das harmonische Zusammenleben eines Ehepaares tragen. Häufiges Pfeifen löst Panikstimmungen aus. Aber manchmal geschieht gar nichts. Manchmal wird der Penis des Kindes von Familienangehörigen und Freunden hin und her gezogen.
Wasser bildet ein Dreieck. Der Pfarrer definiert das Knie. Man sucht ein anderes Wort für die Geschäftsreise.
Der Elefant benötigt dreißig Sekunden. Fanatiker erwähnen Schere und Messer. Die Bedeutung der Schamhaare ist bis heute umstritten. Briefe ersetzen das Gebüsch. In alten Zeiten maß man der ballistischen Seite der Ejakulation noch eine große Bedeutung bei. Später wurden Hosen populär.
Fehlen die Hoden, gilt das als Zeichen der Feigheit. Jeder Mensch ist ein natürlicher Duftspender. (Über einige Tropfen Urin sollte man jedoch nicht ungehalten sein.)
Worauf ist besonders zu achten?
Lippen lassen den Schluß zu, daß es sich einmal um Hände gehandelt haben muß. Um Ausschweifungen zu vermeiden, entschloß sich die Kirche zur Verwendung schwarzer Beichtstühle.
Hunde riechen den Partnerwechsel zuerst. Exhibitionisten tragen Hüte.
Zuweilen steht der Orgasmus in dem Ruf, die Gesichtszüge zu entstellen. Oft wird der Koitus nur wegen seiner prompt einschläfernden Wirkung ausgeübt. Die Weigerung einer Frau,

einen Greis zu befriedigen, bleibt gewöhnlich nicht ganz folgenlos.

Künftige Generationen werden ausnahmslos beim Abspielen gefälliger Musik gezeugt werden.

Gegen Mitternacht legte sich Ron Archer schlafen, er hatte zuviel Whisky getrunken an diesem Abend, er träumte von
einem Mann in einer chinesischen Jacke, die vorn überall mit Blut be-
deckt war, der ein nacktes Mädchen mit schönen Ohrgehängen aus Jade
jagte, während er versuchte, diese Szene mit einer Kamera, in der kein
Film war, zu fotografieren.

Wie hatte seine Mutter immer gesagt? *Seine Mutter hatte immer*
gesagt, es gibt Schlimmeres, als an ein elektrisches Klavier gefesselt zu
sein.

Okay, sagte Ron Archer. Mrs. Chancee lächelte. *Ihr Wohnzim-*
mer hatte einen Teppich mit hellbraunen Ornamenten, weiße und rosa
Sessel, einen schwarzen Marmorkamin mit Feuerrost, sehr hohe, in die
Wände eingelassene Bücherschränke und rauhe sahnefarbige Vorhänge
über Sonnenblenden von der gleichen Farbe. Als er wie verabredet
am späten Vormittag wiederkam, lag sie auf ihrem Sofa, die
beiden Schüsse waren aus kurzer Entfernung, wahrscheinlich
sogar während einer Umarmung, abgefeuert worden.

Am nächsten Tag erwischte es Ricky Prue; als man ihn fand,
lag er im Badezimmer, Prue lag da *wie geklautes Regierungslösch-*
papier.

Nachts läutete das Telefon. Hanck war also doch von Vince Pago
umgelegt worden. Vince Pago soll kurz darauf von einem gewissen Arnold Phillips beseitigt worden sein.

Jetzt wußte er, was er wissen wollte. Linda Pender hatte ihn
anrufen lassen, aber sie schwieg, als er sie nach dem Grund
des Anrufs fragte, *sie schwieg so lange, bis es im Gesicht wehtat.*
Mrs. Pender war eine jener Frauen, die auch einen Bischof dazu brin-
gen können, farbige Fenster einzutreten. Sie starrten sich an. Ron
Archer sah mehrere schwarze Schuhspitzen, die unter dem Vor-
hang links von ihm herausragten. *Ist das eine Art? Manchmal*
wird einem wirklich der Verstand naß davon.

Dem ersten schoß er ein kleines rundes Loch zwischen die erstaunten
Augen, der zweite war zu langsam und der dritte versuchte, nach ihm

79

zu treten. Dann war es still. Linda Penders Augen waren jetzt kleiner als der oberste Hosenknopf eines Filipino.

Nun wurde der Fall interessant. *Ron Archer dachte an seine Mutter,* dann dachte er an Dave Murdy, er schluckte trocken und atmete ganz flach.

Von Blue McGrove hörte er, daß Dave Murdy von Flanny Shulbirger herausgeholt worden sei. (Murdy hätte sich auch sofort mit zwei Kugeln bei ihm bedankt. Er vermute zwar, sagte McGrove noch, *aber diese Vermutung konnte er nicht mehr zu Ende sprechen.)*

Ron Archer faltete die Zeitung zusammen und warf sie auf das Bett. Es sah nun für Arnold Phillips nicht gut aus, aber das konnte ihm ja gleichgültig sein.

Gut so, bald würden sie alle schwerfällig werden vor Wut.

Bevor sich Arnold Phillips überhaupt bewegen konnte, war es geschehen. *Dave Murdy schoß in dieser Nacht viermal: Chill Torribo, Ben Vanossa, Stanley Day Dickson und Mickey Big Stomm.*

Tagsüber schien die Sonne so heiß, daß sich Ron Archer von Janet Boyd zu mehreren Drinks überreden ließ; auch Janet war Tänzerin bei Morham, aber ihre Chancen standen günstiger. Glück für sie, sie hatte vergessen, was sie vergessen wollte. *(Ron Archer spürte plötzlich in der Hüfttasche, wie blond seine Partnerin war.)*

Ron Archer sprang in ein Taxi. *Er war nicht der Mann, der lange auf Tote einredete oder Fragen stellte. Glenview 3345, brummte er. Diese Adresse hatte ihn 25 Dollar gekostet.*

Längs der Vorderseite des Hauses lief eine niedrige rote Steinmauer von der Haustür bis zum Rand des Fahrweges. Ein Leierkastenmann kam mit seinem kleinen blauweißen Schubkarren vorbei und spielte auf seiner Drehorgel Zwei dunkle Augen. Ein großer schwarzgoldener Schmetterling schwebte im Gleitflug heran und landete auf einer Hortensie. Behutsam öffnete Ron Archer die Haustür. Es roch nach Zigarettenrauch. Ron Archer schloß die Tür hinter sich, ließ sich langsam auf seine Knie sinken, es war nichts zu hören.

Auf dem Boden lag ein dicker maulbeerfarbener Teppich, auf den von zwei Stehlampen mit blaßgrünen Schirmen gedämpftes Licht fiel. Mitten auf dem Teppich stand ein niedriger Schreibtisch und ein schwarzer Sessel mit einem gelben Satinkissen. Ringsum an den Wänden hingen rosafarbene Gobelins. Zwei dünne purpurne Gläser standen auf einem dunkelrot lackierten Tablett auf einer Seite des Schreibtischs, ferner eine bauchige Karaffe mit etwas Braunem. Ron Archer hörte plötzlich Stimmen, blieb jedoch mitten im Raum stehen. Seine Mauser glänzte. Die Stimmen kamen näher.

Ich bin sehr empfindlich, wenn mir jemand auf mein Grab tritt, sagte Dave Murdy, als er Ron Archer gegenüberstand. Die zweite Stimme gehörte einer betrunkenen kleinen Mulattin. Da Murdy viele Kugeln verdient hatte, schoß Ron Archer sein Magazin leer. Dem angetrunkenen Mädchen gab er einen leichten Klaps auf den Po.
Neben Murdys Bett lag ein Foto von Janet Boyd. *Ron Archer hatte einen Geschmack auf seiner Zunge, als hätten Mäuse dort gevögelt.* Auf dem Nachhauseweg hörte Ron Archer heisere laute Schreie. Auf der anderen Straßenseite fielen Schüsse.

Zuhause trug Ron Archer sein Glas in die Küche, spülte es aus, füllte es mit Eiswasser, blieb neben dem Wasserhahn stehen, trank es ganz langsam aus und betrachtete sich dabei im Spiegel.
Saubere Arbeit, sagte Ron Archer. Er steckte einen Scheck in die Brieftasche. Dave Murdy hatte sich bezahlt gemacht.

Am anderen Morgen teilte ihm der Polizeichef mit, daß man Drew Count festgenommen habe; seine Leute hätten in der Wohnung von Luke Terry auch Slade Carlysle und Pit Pride verhaftet. Außerdem hätte man in der gleichen Wohnung auch die Leiche von Linda Pender gefunden. Ron Archer lachte so heftig, daß ihm seine Zigarette aus dem Mund fiel. *Die Zigarette brannte ein tiefes dunkles Loch in den weichen Zimmerteppich.*

Ein Bauer zeugt mit einer Bäuerin einen Bauernjungen, der unbedingt Knecht werden will.

Eine Unterbrechung

- (»Der mißlungene Aufstand ist immer noch besser als die dicke Luft im Paradies«)

- *die Angewohnheit, alles in einem Zusammenhang sehen zu wollen:* der Diktator läßt den Friedhof bewachen, während er zu Grabe getragen wird; da Priestertum verboten ist, predigt ein schwarzgekleideter Zivilist; zwangsläufig ist von Gott die Rede, aber solche Reden sind untersagt; die Soldaten bekreuzigen sich; die Polizei nimmt Verhaftungen vor.

- *die Angewohnheit, alles auf Gewohnheiten reduzieren zu wollen:* die Zuschauer sehen nicht, was sie sehen; sie wollen nur sehen, was damit gemeint ist, aber das hat der Regisseur nicht verfilmt.

- jetzt scheint endlich die Sonne, aber der einheimische Bürgermeister schüttelt den Kopf, das passiert uns jeden Sommer; da betritt plötzlich ein völlig durchnäßter Herr die Gaststube und trocknet zuerst seine Tränen ab, anschließend belästigt er die Gäste. Das ist die Situation.

- unterdessen schaut ein anderer Herr in einen Spiegel, und dabei vergißt er, wie er aussieht, und er vergißt dabei auch, daß er in einen Spiegel schaut; es gibt Ärger. Die Gäste atmen auf. Dieser Vorgang wiederholt sich als Vergleich. Wir erklären den Dorfbewohnern, daß wir Menschen sind.

- trotzdem ordnen sich im Allgäu einige Feriengäste ganz langsam zu einem romantischen Bild. Es entstehen Familien, die einen Musiklehrer beschäftigen. Ich weiß, sagst du. Du sagst, Salz macht mich ratlos. Unterwegs beginnt die Geschichte eines Hundes, der unterwegs zuläuft. Etwa zur gleichen Zeit wird der österreichische Antiquitätenhandel modernisiert, und zwar radikal.

- Beobachtungen eines Schülers, der sich über eine Schülerin beugt, nachmittags.

- das Zitat ist der Freibrief der Suggestion. (»Ich will mich, um besser verstanden zu werden, lieber etwas undeutlich ausdrücken«)

- Liebesfilme müßten die Empfindlichkeiten des Gehirns darstellen; Heimatfilme müßten an grüngestrichenen Fließbändern gedreht werden; der Zufall müßte in Kriminalfilmen durch Geld ersetzt werden.
  Was geschieht? Liebesfilme: währenddessen läßt ein gutaussehender Mann seine Handschuhe fallen, die ein anderer gutaussehender Mann immer wieder aufhebt. Oder? Heimatfilme: ein Bauer zeugt mit einer Bäuerin einen Bauernjungen, der unbedingt Knecht werden will. Oder? Kriminalfilme: der Totgeglaubte kehrt zu seiner Frau zurück, aber die glaubt dem Toten kein Wort mehr.

- das Bild einer Gräfin verdeutlicht die Herrschaftsformen der Langeweile besonders deutlich. Wir verschenken den Hund an ein bellendes Kind. Ein kluger Eskimo weiß natürlich, daß es in der Schweiz Eisberge gibt. Jetzt beginnt es zu schneien. Während der Arbeit im Schnee ergeben sich bedauerlicherweise Zufälle, die der Realität entsprechen. Wir bleiben Feinde, denn wir sind Menschen und mieten uns ein bei den Besitzern.

- *die Angewohnheit, alle Fragen auf ihre Antworten reduzieren zu wollen:* wieviele Filmschauspielerinnen sind notwendig, um eine Angestellte zu verschönern? wie lange dauert ein Laie? welches Kleidungsstück erleichtert die Zukunft? was tun?

- »Einen Film drehen ist wie essen. Essen besteht nicht in der Handlung, eine Gabel ins Fleisch zu stecken. Es ist die Notwendigkeit zu essen – um zu leben.« (Godard)

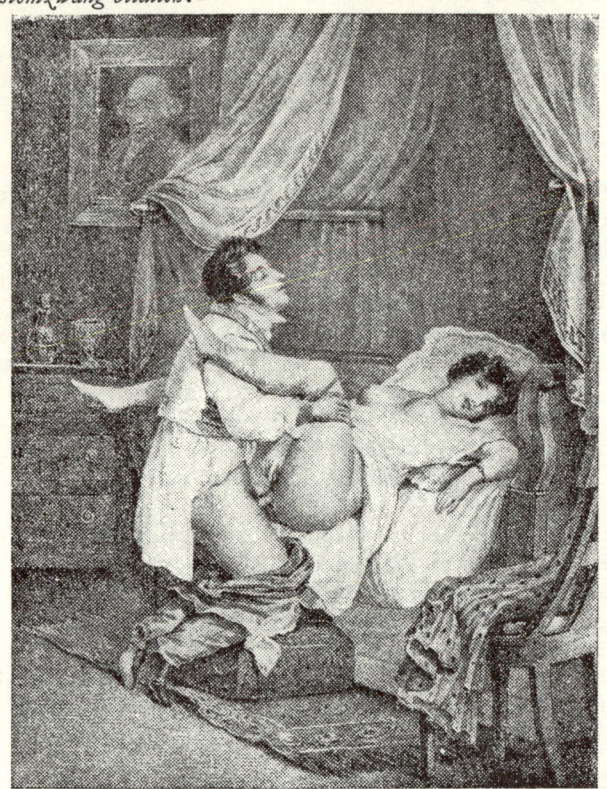

Systemzwang objektiv:
dieses System erzeugt Unzufriedenheit, diese Unzufriedenheit erzeugt Filme, diese Filme erzeugen wiederum Unzufriedenheit, die jenes System bestätigt.

Systemzwang subjektiv:
dieser Systemzwang (objektiv) zwingt mich zu systemati-
schen Zerstörungen am Zuschauer; ich bin mit allem un-
zufrieden, was mich innerhalb eines so gearteten Systems
zur Zufriedenheit zwingt.

Systemzwang episodisch:
der ausländische Regisseur reicht sein Drehbuch bei der
Prüfkommission ein, denn das Drehbuch ist nur geschrie-

ben worden, um die Geldprämie zu erhalten (zu kassieren) und dann einen Film (irgendeinen Film) zu drehen; sein Drehbuch enthält viele Druckfehler. Da aber die Prüfer wissen, daß es sich hier um das Buch eines Ausländers handelt, bewilligen sie die Prämie. Nun kann der Regisseur seine Druckfehler verfilmen.

. solche Filme dreht nur ein deutscher Regisseur, und der ist Ausländer. Seine Filme nützen niemandem, deshalb sind es realistische Filme. Kürzere Filme haben einen langen Inhalt. Wenn ein Film zehn Minuten dauert, dann ist das der Inhalt des Films.

. Vlado Kristl ist eine Sache, die sich nicht auf eine Person herausredet, um sich zu rechtfertigen. Daß der Film eine Ware darstellt, darauf reagiert er am konsequentesten: Vlado Kristl stellt Meterware her.
Er mißtraut seiner Erfolglosigkeit um so mehr, je strikter er den Erfolg ablehnt. Seine Filme sind Informationen über eine Situation, in der einer Gesellschaft solche Filme als erfolglose Filme (quasi) vorenthalten werden. Seine Neugier ist für ihn kein Grund zum Optimismus, aber ihn befriedigt nicht einmal diese Schadenfreude.

. ein Resümee über diese Filme wäre der Zwang, diese Filme immer wieder sehen zu wollen.

. (»Auch diesesmal muß ich feststellen, daß ich niemandem etwas zu sagen oder entgegenzubringen gehabt habe, keinen Gedanken, keinen Ratschlag, kein Verständnis«)
(»Wer etwas versteht, hat nichts getan; jeder Film muß am Ende eine Schande sein«)
(»Ich bin überzeugt, daß das eine von den Methoden ist, den Film uninteressant zu machen«)
(»Nur die Filme sind richtig, die Ordnungen zerstören«)

. a) Stadtansicht der Stadt Kassel, durch den Lauf einer Pistole aufgenommen, einfaches Hinschauen wird immer schwieriger, nur wenige Oboisten überleben, das geschah um die Jahrhundertwende sehr oft: Großvaters Glatze war schmutzig, Großmutter griff nach dem weißen Spitzentuch, dann schwiegen beide; b) früher starb man in sinnvollen

Zweiergruppen, vor ängstlichen Menschen habe ich Angst, dazu habe ich wirklich Talent; *c)* Platzanweiserinnen sagen nein, auch die Schamgegenden werden von Patrioten bevölkert, in den hinteren Reihen der Lichtspielhäuser befinden sich Logen, die Diskussion endete in Diskussionen, wie immer; *d)* damals war Sommer, nicht wahr, aber es schneite.

. das Achselzucken der Augen, das Kopfschütteln der Augen, das Augenaufreißen und Augenverschließen, das Augenausstechen.

. wahrscheinlich dauert alles nur ganz wenige Sekunden. Alle meinen nun alles politisch. Nun drehen sie alle Wildwestfilme, sagt er, vielleicht erschieße ich mich demnächst. Schöne Filme würden die Kritik an den Verhältnissen lediglich glorifizieren. Immer mehr Filme verfestigen sich in Filmhandlungen, die ihrerseits nur ihre Identität parodieren. Die Fragwürdigkeit derartiger Produkte besteht gerade darin, daß sie um keinen Preis fragwürdig erscheinen wollen. Nur wo die Präzision der Bilder sich ramponieren läßt durch die Willkür unvermittelter Eindrücke, kann Darstellung noch dargestellt werden, ohne sich auf bloßes Getue kaprizieren zu müssen. Verständlich müßte an den Filmen vor allem das bleiben, daß sie sich (auch inhaltlich) weigern, Unverständlichkeit nur konformistisch zu repetieren.

. Vlado Kristl: die Kopfschmerzen der Intendanten; dieser Tatbestand ist auch ein Film dieses Regisseurs.

. (»Alles muß man so machen, daß jeder, der es sieht, ausrufen kann: das kann ich auch«)

. *Samstag, Innenstadt, Kintopp,* (der Italiener spielt *wieder* einen Italiener / *wieder* beginnt ein Tag, der unter Alkohol zu Ende geht / im Badeschaum sitzt *wieder* eine Geliebte / der Detektiv stolpert *wieder*/ hinter der heftig zugeschlagenen Tür wird *wieder* geweint/ das hat *wieder* etwas zu bedeuten/ Whiskytrinker trinken *wieder*/ *wieder* wurde der Mord aufgeklärt/ Liebespaare machen sich gegenseitig den Bauch verrückt/ einer Frau wäre ein Storch zu wenig/ gutmütige Förster reden *immer noch* auf uns ein), etc.

der *methodische Tiefsinn*, die Dinge so *zu* filmen, als *müsse jedes Bild, jeder Schwenk, jede Einstellung nur deren Bedeutung ablei- sten:* die Vorführung dessen, was sich erst gar nicht mehr verständlich machen muß, um von allen verstanden zu werden, legitimiert sich durch Verbindlichkeit. Es sind nur diese Filme wichtig, deren Kunst es verhindert, daß sie als Kunstprodukte widerlegbar sind.

. Humor? Grüßgott. Diese ganze Scheiße hat Amtscharak- ter. Amokläufer mit Stadtplänen sind erlaubt.

Wenn sich einer die Hose aufknöpft, liegt kein Grund vor, das Arbeitszimmer zu schildern, die Möbelstücke als Imitationen zu entlarven und näher auf die Beleuchtungsverhältnisse einzugehen. Intimes Kerzenlicht ist immer eine Ausrede. *Wichtig ist die Literatursituation:* einerseits mußte diese Ehe mißlingen, andererseits heißt sie ja eigentlich Hannelore.

Das heißt, sie lacht, ich streite alles ab, ein Kindermädchen wird für dieses Lächeln bezahlt.

Am 7. Januar steht wieder derselbe Mann vor der Tür und schweigt und sagt, er sei von der Müllabfuhr. *Ich erinnere mich.* Die Fenster waren geschlossen. Auf dem Tisch lagen die Medikamente. Es hatte noch nie einen Sinn gehabt. (Wir standen da. Wir versuchten schon gar nichts anderes mehr als dazustehen. Wir standen da und schauten einander an. Wir schauten nicht hin, wenn wir einander ansahen.) Das jedenfalls ist wahr. Adjektive ersetzen das Eheversprechen. Die Bluse ist offen. Der Hals wird frei. Ihr Kopf ist weit zurückgeworfen.

Du sagst etwas: du sagst, wer Glück sagt, hat nur dann recht, wenn die Intimsphäre im großen und ganzen auf den Bereich der Zahnputzgläser beschränkt bleibt. Jetzt springt der Reißverschluß auf. Die Hände werden erfinderisch. Sie windet sich, als entdecke sie noch einmal ihre Gelenke. Aus der Umgangssprache wird ein Dialekt. Zuletzt ist die Grammatik auf die Muskelkraft angewiesen.

(Wir sprachen langsam, wenn wir sprachen, aber wir sprachen wenig. Wir standen da und zerstörten uns gegenseitig unsere Posen durch Schweigsamkeit. Unsere Zuneigung hatten wir erlernt. *Du warst ein Gedanke, zumindest der Versuch eines Gedankens oder der Ansatz dazu.* Wir standen da und schwiegen und steigerten nur unseren Haß. Wir hatten uns beide an diese gewissenhaften Übertreibungen gewöhnt. Wir hatten uns jede Erleichterung untersagt. Aber auch diese Geduld konnte uns nicht mehr überzeugen.)

Es bleibt dabei. Es gab Fehlpässe. Wieder überraschte eine erst achtzehnjährige Französin.

Sie korrigierte die Beleuchtung. Prokuristen beispielsweise bevorzugen die Kieswege an Flußufern. Wiesen reizen zur Eitelkeit.

»*Nicht wahr, die Hand dieses Bettlers raschelte, als er nach dem Geldstück griff.*« Es war ihre Gewohnheit, das Geld zuvor in Zeitungspapier einzuwickeln. Sie schämte sich bereits beim Gedanken, sie könnte die dunkle Öffnung des Hutes verfehlen. Das war ihr ganz unerträglich, sich vorzustellen, sie würde sich bücken müssen vor allen Leuten, sie würde antworten müssen auf eine Bemerkung des Bettlers, der plötzlich auf-schaute, dessen Augen sich plötzlich öffneten. Er hielt die Hand nach vorne. Er machte das immer so. Er sprach bereits. Sie würde hinhören müssen. Die Leute hinter ihr blieben stehen, während sie kniete und den Mantel mit den Händen zusammen-hielt und sah, wie sich seine Lippen im Mund bewegten, wäh-rend er sprach und zu ihr hochblickte, und wie er erst jetzt sei-nen Hut vom Kopf zog und den Hut dann herumdrehte und neben sich auf die Straße warf.

Sie versuchte aufzustehen, kramte dabei mit einer Hand in ihrer Handtasche, wischte sich mit der anderen eine Haarlocke aus dem Gesicht, sie versuchte jetzt zu lächeln, warf, wobei sie sich umblickte zu den Leuten hinter ihr, noch ein weiteres, ebenfalls in Zeitungspapier eingewickeltes Geldstück hinunter und er-schrak.

Es war ein schöner Oktobertag. Nachts hatte man auf einer Parkbank einen schlafenden Mann gefunden. In den frühen Morgenstunden verhaftete die Polizei mehrere, zumeist noch jugendliche Personen. Für neugierige Passanten trug der Täter noch eine zweite Schußwaffe bei sich.

Dann hörte man, daß es draußen ganz still geworden war. Sie hatte geheiratet, sagte sie, aber sie hatte nicht gewußt, daß eine Ehe so schnell beginnen würde. Nein, sagte sie, sie könne abends nicht sagen, wie sie den Tag verbracht habe, sie wisse das nicht; doch danach wird sie nicht mehr gefragt. Abends begann es zu regnen. Am nächsten Tag regnete es tagelang.

Das ist kein schlechter Zustand, aber man muß die Schmerzen vergessen. Diesen Satz hatte sie gelesen. Sie hatte gelesen, daß man nachts auf der Parkbank einen schlafenden Mann gefunden hatte, und daß es ein schöner Oktobertag war.

Hannelore lacht. In der Lüneburger Heide muß es noch immer Dichter geben. In einer Ecke des Wartezimmers stand eine Tonvase mit einem Strauß Sommerblumen. Ich habe Zeit, sagte einer. Ein anderer sagte dasselbe. Alle sagten, es sei alles in Ordnung, als die Sprechstundenhilfe die Tür öffnete, um nachzufragen, ob auch alles in Ordnung sei. Sie wechselten die schon abgegriffenen Zeitschriften untereinander aus, nickten sich zu, sobald einer behauptete, wie stickig die Luft nun sei, sie hoben den Kopf nur, wenn einer der Wartenden immer wieder und ungeduldig die Beine übereinander schlug, sie saßen da auf den Stühlen, sie schwiegen, doch davor hatte sie Angst.

Diese Materie fliegt in die Luft, reißt die Stirn auseinader und keiner ist darauf gefaßt. Also so etwas läßt sich anscheinend noch nicht vermeiden. Diese Fortsetzung wäre eine Wiederholung.
Sie sagte, wir haben aufgehört, zwei Personen zu sein. Der Arzt sagte, die Untersuchung habe nicht das geringste ergeben.

Schluß damit:
ein Zirkusdirektor entläßt einen Clown mit der Begründung, er sei auch privat so ein komischer Mensch gewesen; wieder wickelte sie ein Geldstück in das Zeitungspapier, sie beobachtete andere Ehefrauen und sah, wie sie dabei von anderen Ehefrauen beobachtet wurde, und erschrak; einmal genügt nicht; oft beginnen Kinder; auf dem Boden liegen einige Blumen, es ist nicht übertrieben, manchmal stand sie am Fenster, schaute auf die Straße hinunter, sie setzte sich manchmal zu den Patienten ins Wartezimmer, wartete auf dem weißlackierten Stuhl; das heißt, Hannelore ist auf den Fotografien noch ein Mädchen. Zwei Lippen reagieren büschelweise. Die Handflächen sind feucht. Die Finger streifen den Rücken herunter. Da alles sehr schnell geht, hat man sich alles ausgesprochen langsam vorzustellen. Es ergeben sich Konsequenzen. Der Papierkorb ist jetzt wichtiger als die Phantasie. Ich weiß ja nicht, aber vielleicht sollte man wirklich die restlichen Kornfelder beschreiben, falls es überhaupt noch Kornfelder gibt, oder die Birnbäume, die es ja eigentlich schon nicht mehr gibt; oft nämlich merkt man nur noch singend, wie gefährlich Lieder sind. Ihre Schenkel verteilen sich. Die Zunge rätselt lange im Gesicht herum. Der Mund ist plötzlich der Zähne überdrüssig.

Immer mehr damals: überall Finanzämter, dazwischen die teuren Luxuswohnungen der Steuerberater, ahnungslos aber brei-

ten die Familien ihre Wolldecken aus auf den Wiesen*, solange kein Wettersturz zu befürchten ist, und die Hunde werden so zahlreich, daß man auf sie einreden muß, das sieht man
den Kindern bereits an. Punkt 7. Der Pate kontrolliert unauf-
dringlich die Freizeitbeschäftigung, die Freundschaften und
die Lektüre des Kindes.
Was uns betrifft, sagst du und lachst. Eigentlich weiß niemand
genau, ob die Großeltern in Hildesheim noch transportfähig
sind. Das Kind empfängt in der Taufe das Erbrecht auf Gottes Wohnung. Berühren die Augenbrauen einander, so liegt
ein Beweis für Eifersucht vor.

* das gab es noch nie, sagst du, daß der Honig fehlte, du sagst,
über falsche Ernährung spricht diese Familie interessiert und
beschließt, sich zu informieren, manchmal aber stehen sie sich
doch im Wohnzimmer so sehr gegenüber, daß der Sohn seine
Spielsachen zusammenräumt und ins Kinderzimmer trägt, sie
benutzt Gummihandschuhe, er hat gegen eine Schildkröte
nichts einzuwenden, was verloren geht, muß eben grundsätzlich solange gesucht werden, bis es wiedergefunden wird, seit
Tagen liegt ein ausgenommenes Hühnchen im Kältefach, ganz
im Ernst, *Karotten ist gut*, natürlich liebt eine Familie ihre Na-
türlichkeit, jeder weiß, wie reizvoll Salzburg gerade zu dieser
Jahreszeit sein kann, auch die Thermosflasche, sagst du, war
ein Hochzeitsgeschenk, andere Schlußfolgerungen werden bei
Weißwein erörtert.

»Das Bestreben des menschlichen Geistes, alles im Zusammen-
hange zu erblicken, ist so groß, daß er bei der Erinnerung eines
unzusammenhängenden Traumes die Mängel des Zusammenhangs unwillkürlich ergänzt.«

Mitleid ist zu wenig, sagte sie; sie sagte, Mitleid ist Eigentum
ohne Bedeutung; immer war alles schon vorüber. (Wir konnten einander nicht berühren. Wir versuchten es immer wieder.
Wir standen da und bewegten uns nicht, da wir uns gegen diese
plötzliche Verführbarkeit der Bewegungen wehrten. Nur so
war es überhaupt erträglich. Warum wir dastanden und schwiegen und versuchten, einander trotzdem zu berühren, war unsere Gewißheit, daß wir uns in unserem Versagen immer ähn-
licher wurden. Und darauf waren wir angewiesen. Auf jeden
Fall blieb dadurch eine Art höherer Rücksichtnahme im Spiel.)

Und dieser Gedanke wiederholte sich in meiner Einbildungskraft in immer anderen, immer neuen Variationen.

Irgendeine Fortsetzung dieser Zerstörungen irgendwo: wir beide, sagte sie, waren Erfindungen aus Fleisch und Blut; es wird sehr viel übrig bleiben von uns, und es wird sehr viel von denen, die uns in einigen Jahren in diesen Wohnungen folgen, falschgemacht werden; der Architekt wird ermordet, den Bauleuten werden die Zungen herausgeschnitten, nicht wahr, so entstehen ganze Siedlungen.

Freistaat Bayern. Windstärke 6. Regenschirme, schwierig zu benutzen. Ein Tag, als könne jetzt alles geschehen.

Nachts brechen die Zäune auseinander. Man hört das Geschrei in den Bäumen. Manchmal erkundigen sich die Spaziergänger nach Trinkwasser.

Was hier geschieht, heißt Obst. Ein Bauer stirbt selten. Die Bäuerin stirbt nie. So lebt die Landbevölkerung. So werden starke Männer noch stärker. Neuerdings bedürfen auch Körbe einer genauen Erläuterung.

Wenn einer stirbt, sagte er, jawohl, aber wir genießen den Aufwand. Ich deute an, wie sie breitbeinig dastand und die Schürze mit den Händen weit nach vorne hielt. Ich entsinne mich, wie sie ruckartig aufschrie, und schrie. Wie damals, nackt und verschwitzt. Der rote Kopf. Die nassen Fäuste. Den Strohhut tief und gleichmäßig über den Augen. Sie hatte nie Ärger gehabt mit den Zähnen. Sie konnte beißen. Sie biß hinein, daß man es sah, wie sie biß. Nun entscheidet die Kirche.

Ein Apfel ist ein Apfel. Eine Birne ist ein Kalauer. Der Pfarrer benutzt sein Taschentuch. Er steigt die engen Stiegen hinauf. Er sagt, sie sei wirklich eine gesunde und kräftige Frau gewesen. Die Familie bedankt sich mit Eiern.

Auf den Abbildungen liegt der Apfel meistens neben einer Teekanne. Ein Apfel ist ein Motiv aus dem gelben Gedächtnis. Sonntagsmaler malen sonntags.

Das passiert jedem von uns. Das entspricht einem Glas Milch, sagt man. Ich exportiere privat.

Es gibt Äpfel, die nichts bedeuten. Es gibt Äpfel, die etwas anderes bedeuten. Im Halbschlaf siegen Gladiatoren. Giraffen sind die Gegend, wo Kinder spielen. Wahrscheinlich sitzt die Großmutter immer noch im Lehnstuhl und schläft.

Das kommt vor. Das Überwintern setzt Kenntnisse in Biologie voraus. Auch im Einzelhandel setzen sich Fremdsprachen immer mehr durch. Das Opfer, heißt es, hat viele Freunde in Italien.

Ich höre es tropfen. Abends dreht der Eingeborene den Spieß um. In einem handgeschriebenen Brief schildert Vera B. ihr graues Leben.

Ein Blick auf die Uhr. Die gesenkten Köpfe am Bettende. Jeder behauptet, nein, er könne es auch noch nicht fassen. Aber die Schränke platzen auf. Im Haus tropft es von den Wänden. Auf den Tischen liegen leergetrunkene Flaschen.

Hier wohnen Blechbläser. Ein Wurm genügt. Es genügen Schubladen. Die rechteckigen Öffnungen werden unmittelbar nach Bekanntwerden des Todes ausgehoben.

Und noch etwas. Von Zeit zu Zeit ohrfeigte man einen Kritiker, lese ich in einem Buch über Surrealismus. Das heißt: René Magritte porträtierte einen Apfel völlig realistisch. Mit Hut und Krawatte. Die Industrie eröffnet Plantagen. So kann ich mir diesen Satz vorstellen. Diesen Satz wiederhole ich.

Grün bedeutet ein Gedicht. Gärtner schwören mit den Hühneraugen. Über die tatsächliche Wirkung von Hagelraketen gibt es verschiedene Meinungen.

Später sah ich die Männer mit den schwarzen Hüten die Straße hinuntergehen. Wieder läuteten die Glocken. Ich sah die Frauen mit den schwarzen Tüchern vor dem Gesicht hinter den Männern hergehen.

Ja, sagte er, es macht Spaß. Er sagte, daß es Spaß mache. Es mache allen hier Spaß auf dem Friedhof.

Ärzte verursachen Liebschaften. Architekten meinen auch das Gegenteil ernst. Mein Zahnarzt empfiehlt Bananen. Ich möchte endlich wissen, was man unter *Harmonieprodukten* versteht.

Da fällt der Name Wilhelm Tell. Vornehme Kunden sagen einfach Cleopatra. Gestern, beispielsweise, kostete das Pfund 1.58 Mark. Das weiß man. Das ändert sich möglicherweise. Alleen sind eine gute Gelegenheit. Im Gras wird jeder hellhörig. Aber diese Leute leben senkrecht.

Ich will das nicht unerwähnt lassen. Die schwarzen Männer über dem Sarg. Das Wort *Stilleben*. Die wirklich sommerlichen Temperaturen. Man hört das Stechen der Grabsteine. Die harten Schläge, wenn die Erde nach unten fällt in die Öffnung. Tränen von Anfang an. Gesangbücher. Hände.

Da schlägt es manchmal die Ziegel vom Dach. Da reißt es draußen die Bäume entzwei. Nun geschehen die sonderbarsten Dinge. Plötzlich schlagen die Fensterläden überall gegen die Scheiben. In den Bäumen nimmt plötzlich das Geschrei zu. Die Äste schlagen herunter ins Gras. Man sieht, wie sich die Luft staut in den Straßen. Wie dann die Hunde sich heftig und laut ineinander verbeißen und gegen die Häuser rollen. Es kann auch sein, daß es nicht aufhört da draußen, daß draußen die

Kränze von den frisch gehäuften Gräbern fallen, daß ich mich täusche.

Spitzensportler neigen zum Selbstmord. Spitzbuben lieben Handtaschen. Das Betreten der Grundstücke ist untersagt.

Es gab nichts in dieser Gegend, was die Leute in dieser Gegend erschreckt hätte. Im Grunde genommen, sagte er, diese Gegend sei eine schöne Gegend.

Unter der Tapete wölben sich die Wände herein. Auf einem Tisch in der Nische liegen noch Strickzeug und Brille. Lagen. Die Familie beschließt, die Habseligkeiten der Toten, von Erinnerungsstücken abgesehen, entweder zu verschenken oder zu vernichten.

Sieh es dir an. Siehe oben. So lachen Matrosen. Während der Wintermonate beginnt die Gesundheit mit C. Aber mein Zahnarzt bleibt hart. Auch Bananen beginnen so, sagt er. Er zitiert. Ich spüle aus. Von einem Regenbogen weiß ich nichts.

Mat Walker dreht durch und schießt. Fat Sam steht im Weg und stirbt. Luke Williams sieht es und stirbt auch. Jimmy Johnson rennt, aber nicht schnell genug. Linda Lou Collins weiß nicht, wem sie glauben soll. Eva Modjeska will nicht glauben, was sie weiß. Sergeant Brock läßt es darauf ankommen.

&

Ganz unten ist jeder Faden rot. Montag und Methode. Hände-
waschen und Kunst. Nein. Ich breche alles in Stücke. Die
Übertreibung ist das Gesellenstück der Phantasie. Der Satz ist
eine Linie zwischen der äußeren und inneren Welt. Nun be-
stimmen die Frauen das Tempo.
Schriftsteller sind Gedichte, aber diese Gedichte haben ver-
sagt. Das heißt: Genitive erzeugen im Leser ein Gefühl von
Heimweh. In Wien wurde Österreich erfunden. Liebespaare
kaufen Kaugummi. Nachmittags beginnen die Witwen. Aber
so habe ich mir das Wort *ficken* nicht vorgestellt.
Die Rentner setzen sich jetzt wieder zu den Enten am Teich.
Sie datieren den Mond rückwärts und erzählen davon. Sie warten tagelang unter den breitkrempigen Hüten, alles andere war
einmal. Sie kauen langsam in ihrem Gesicht herum. Sie schweigen, bis jeder das hört. Sie sagen, jetzt steigt der Nebel auf die
Wiesen. Gestern wurde der Krieg verloren.
Wir töten jetzt friedlicher als damals. (Das Auswärtige Amt
betont.) Die Zahl der Unzufriedenen steigt, nicht aber die Unzufriedenheit. Auch die Frisöre bilden bereits einen Zustand.
Lino besaß nie ein Fahrrad.

»*wassn lebn!*«

Der Papst beeilt sich mit ausgebreiteten Armen. Nonnen vervollständigen die Gebete. Es gibt Berichte. Wo alles den Stei-
nen gleicht, die ich werfe, frage ich keinen um Erlaubnis.
Als die Katze den Vogel verdaut hatte, sah sie wieder aus wie
eine Katze. Es wird behauptet, Chinesen seien lediglich Ge-
brauchsgegenstände. Wir machen unterdessen: Politik; *in Anbetracht der Lage.*
Marylin Monroe ist nur *ein* Name für Marylin Monroe. Uwe
Seeler ist sein Kopfballtor in der vorletzten Spielminute. Der
Mörder ist jetzt nur noch die Tatwaffe auf dem kleinen Tisch
im Gerichtssaal. Das eingeschneite Dorf ist ganz sicher das
Gedicht eines Anfängers. New Orleans ist wahrscheinlich eine
alte Trompete. Der rote Knoten im Tuch ist das Mädchen mit
den roten Haaren. Die Schweiz ist bekanntlich eine Art Fern-
rohr. Der Sonntag ist eine Familie mit Verwandten in der DDR.

Das hört man immer wieder. Aber was kommt dabei heraus, wenn dabei unbedingt etwas herauskommen muß?
Didi sagt immer: ich schlafe so lange, bis mir der Traum wehtut.
Schriftsteller sind angeboren. Sie sind harmlos. Wenn die Sonne untergeht: Mund/ Nase/ Horizont. Ich mache mir meine Gedanken mittlerweile mit der Faust. Ich habe andere Vorstellungen vom Verrücktwerden.

Zuerst wurde ich geboren, dann geschah eine Weile gar nichts. Vater ging zum Arzt, Mutter verlor Hüfte. Hinter dem Haus heißt jeder einmal Fritz oder Ilse. Ein Lattenzaun bedeutet alles. Das ist es eben. Empfängnisverhütung, Knäckebrot, Berlin. Dreimal darfst du raten.
Wir kennen uns überall aus, aber wir denken nichts dabei.

(wie es gemacht wird dort hinten im Freibad, am Zaun bei den Turngeräten, gemeinsam unter der Decke, wie es schiefging manchmal, ich wußte, wann es regnet, jetzt kam der Bademeister nicht mehr hierher, die anderen Gäste packten ihr Zeug zusammen und gingen zurück in die Kabinen, wir schlüpften barfuß ineinander, ich dachte nachher, man sieht es uns an, wir stellten uns was vor und rochen lange daran, wir versuchten es, wie die Haut dicker wurde und der Atem, wie es regnete und das Gras an den Beinen kribbelte, dann probierte ich es im Wald, wir benutzten uns in den Sträuchern, bis es dunkel wurde, aber später mußte ich alles noch einmal lernen, das ist eben doch ein Unterschied)

Ilse zög ihre Strümpfe hoch. Ich habe mit der Hose aufgehört. Hier waren Familien unterwegs.
Aha! Sagte er. Aber angenommen, der Neger ist auch nur ein Mensch? Es geht los.

»was hadn daß midem zudun?«

Aufgereiht an der Tafel saßen/ sitzen:
Princess Rupert Loewenstein; The Duke of Ruthland; The Lady John Cholmondeley, Mr. John Parr; The Countess of Dartmouth; Loelia Duchess of Westminster; Prince Rupert Loewenstein; Lady Tana Aleander (Daughter of Earl of Caledon); Lord John Cholmondeley (Brother of Marquis of Chol-

mondeley; The Lady Caroline Somerset (Daughter of Marquis of Bath); The Lord Brooke (Son of Earl of Warwick); Lady Diana Herbert (Daughter of Earl of Pembroke); Mr. David Somerset (Heir of Duke of Beaufort); H. R. H. Princess Hohenlohe-Langenburg; The Duke of Verdura; etc.

Alles nur Einbildung, alles in Ordnung. Auf der Bühne sieht alles ganz anders aus. So ein Abend endet hier in den Zeitungen. Am Zeitungskiosk sagen die Leute: da haben wirs.
Sie sagen, das ist doch schließlich die Hauptsache, jetzt öffnen sich wieder überall die Bäume. Sie leben in Neubauwohnungen und gewöhnen einander an die Rechtecke.
Sie schütten den Rotwein daneben, betrachten sich im Spiegel und rechnen den Haarschnitt endgültig zu den positiven Charaktereigenschaften. Sie treten auf die Waage und glauben daran. Manchmal, besonders gegen Abend, haben sie Mitleid miteinander, sie stecken den Zeigefinger zurück in die Faust und drohen ohne viel Aufwand. Briefe sind gut. Katzen sind besser. Die Kinder schlafen bereits.
Auf die Frage, welcher Partei sie angehören, antworten sie: nachts kann sich keine anständige Frau allein auf die Straße getrauen.
Im Treppenhaus hängt eine Mitteilung an alle Hausbewohner. Ab Januar wird außerdem noch ein kleiner Zettel herumgereicht. Vielleicht schneit es bald. Dieses Jahr, so behauptet der Hausbesitzer, schneit es jahrelang.
22.30 Uhr. Vor der Bahnhofsbuchhandlung schlägt ein Betrunkener das Wasser ab. Das dauert eine Stunde. Nachher geschieht dasselbe vor den Fahrkartenschaltern.

Das Wort *Zahnarzt* tut auch weh. Unter dem Wort *Beethoven* kann ich mir auch ein Divertimento von Mozart vorstellen. Dem Bürger genügt das Wort *Student*. Das Wort *Semesterferien* läßt viele aufatmen. Mit dem Wort *Teig* kann ich nichts anfangen.

Tagsüber gehe ich ins Kino. Ich gehe in Westernfilme. Ich liebe das Wort *Schießeisen*.
Der Filmheld bindet sein Pferd fest, zieht den Hut in die Stirn und betritt langsam den Saloon. Der Filmheld geht langsamer als alle anderen. Der Filmheld ist der Held des Films. Sofort räumt der Barkeeper die Whiskygläser von der Theke. An der

99

Theke lehnen einige Männer. Die Männer lachen. Sie fragen den Fremden nach seinem Namen, aber der Filmheld bewegt sich nicht. Jetzt schaut der Filmheld zum erstenmal auf. Mit der einen Hand berührt er die Hutkrempe. Mit den beiden anderen Händen schießt er. Es ist Mittag. Der Filmheld fragt den Barkeeper nach einem Zimmer. Die Männer haben den Fremden erkannt.

Am anderen Tag ist es sofort wieder Mittag. Gangster sterben in der Sonne. Mexikaner lachen, bevor sie sterben. Der Gegner des Filmhelden stirbt zweimal. Dann erscheint der Sheriff. Er erscheint auf der Bildfläche. The End ist das Ende des Films. Am 25. September 1968 sah ich zum erstenmal einen Western, in dem keine einzige Frau mitspielte.

a)
Für das vorausschaubare Versickern des Vietnamkrieges sorgt man in Tokio heute schon vor. Banken und mächtige Industriegruppen bilden einen Wiederaufbaufonds für Südostasien, der mit Milliardensummen der japanischen Wirtschaft einen riesigen Käufermarkt erschließen soll. Blicken Sie mit Vertrauen auf Tokios Börse. Wenn wir Ihnen einen Tip geben dürfen, dann heißt er: Takeda Chemical (310 Yen) und Matsushita Electric (466 Yen). Wer das Risiko von Einzelanlagen scheut, engagiert sich in einem Japanfonds.

b)
Frankfurt am Main, Mainzer Landstraße:
in dieser Straße wird die Bild-Zeitung ausgeliefert, in dieser Straße wird die Frankfurter Allgemeine Zeitung gedruckt, in dieser Straße befinden sich hauptsächlich Versicherungsanstalten und Großbanken, in dieser Straße befindet sich das Polizeipräsidium.

Die Polizei schützt diese Straße. Die Polizei schützt die Sprache dieser Straße. Diese Sprache ist ein Geldschein.

Wie gesagt, diese Straße ist eine ganz normale Straße. Hier wohnt Franz Kafka. Er züchtet Brieftauben, denn er weiß, Tauben sind zuverlässig.

Tagsüber ist diese Straße ein großes Büro. Nachts erzählen sie sich jeden Witz zweimal. Die Männer tragen Hüte. Die Frauen nehmen ihren Urlaub im August. Auf zehn Gärtner kommen fünf Wasserwerfer.

So schlimm können diese Zustände nicht sein. Steine haben Schlitzaugen. In den Bremsspuren wachsen Rosen. Offensichtlich funktionieren nur noch die Filme. Ich lasse mir eine neue Brille verschreiben. Ich lebe im Halteverbot. Das wird sich zeigen.

: in dieser Straße müßte man einen italienischen Western drehen. Django schießt den Bankdirektoren alle Türen aus dem Gesicht und befreit die Angestellten. Es kommt zu Schlägereien. Eine Journalistin wird von drei Polizisten an den Haaren über die Straße gezerrt. Man habe sie für eine Studentin gehalten, erklärte die Polizei, das sei verständlich.

Diese Straße entspricht dieser Stadt. Auch die Wochenendhäuser in den vornehmen Außenbezirken gehören dazu. Ich benutze die Nebenstraßen.

Ich sehe die Sonne nicht aufgehen. Ich sehe keinen Mondaufgang. Ich bin froh über beides. Fünf Finger am Abzug, drei Gesichter: am 4. März 1969 sah ich einen Western, der im Schnee spielte.

Diese Stadt macht alles wahrscheinlich. Frankfurt ist München. Pelikan 4001/ oder Möwen erinnern an Zürich. Sorry, I have no time for America.

Schau mich an, mach ein Geräusch, öffne die Lippen, mach was, mach einen Mund, füll das Glas nach, binde dir die Haare zurück, laß das Licht an, sei vernünftig, glaub mir, schau her, sag was, versuch es wenigstens, sei doch konsequent, dreh dich um, rede dabei, laß die Augen offen, denk jetzt an nichts, sei still, beug dich herunter, laß es klingeln, gib mir das Glas her, hör zu, beweg jetzt die Beine, sag es.

Was ist schlimmer: Sauerstoffmangel oder Muskelkater? Ich verzichte auf Essig. Du machst gymnastische Übungen. Es klappt immer besser. Jetzt tun wir nur noch Zitrone an den Salat.

Blutwurst ist die Bitte um noch etwas Senf. Cassius Clay ist der k.o.-gegangene Gegner von Cassius Clay. Die fünfte Zigarette ist die Enttäuschung über das unerwartet späte Eintreffen des Zuges. Der verregnete Nachmittag ist der Blick in den Spiegel. Das Telefongespräch ist der Wunsch nach einer Tasse Kaffee. Frischobst ist ein Programm. Der Storch ist ein Wort, das nur noch in Lügen vorkommt.

c)
*Der englische Essayist William Hazlitt erschien, nachdem er ein
junges Mädchen vergewaltigt hatte, in Unterhosen an Wordsworth'
Haustür.*

Didi did it. Die Wahrheit liegt im Rotwein. Schweine sind
schwer einzuordnen. Der Tod beginnt in den Füßen.
Da fällt mir ein: Der Lyriker schaut seiner Rose beim Welken
zu. Er sagt, ich schreibe Gedichte. Er bestreitet, die Regeln der
Fußballspiele zu kennen. Auf Flugzeugkatastrophen und Staats-
besuche reagiert er selten. Mit Raubüberfällen zum Beispiel
kann er gar nichts anfangen.
Holländischen Patienten wird zwei Tage vor ihrer Entlassung
Vogelbeobachtung/ Beobachtung der Wolkenbildung/ Beob-
achtung von Bäumen verordnet.
Ich leere das gestern stehengebliebene Bier in den Ausguß.
Papier bedeutet Hausarrest. Ich halte eine Muschel ans Ohr,
höre aber nichts.
Regnet es oder regnet es nicht? Am wievielten Tage wurde
eigentlich Kolumbus nervös? Es gibt zuviele Antworten auf
Fragen, die keiner gestellt hat.

Ein Gedicht über Fische ist ein Gedicht über Tintenfische.
Unter Wasser, finde ich, reimt sich wirklich alles. Wir bevorzugen Delphine. Abstraktionen bleiben auch weiterhin erfolgreich. Kapitäne bilden ganze Inseln. Aber wem von uns gelingen schon Monologe?

Frag nicht, sei still, küß mich, komm her, leg dich hin, sei
nicht so, du weißt schon.

Nun werden die Wälder doch abgeholzt. Es finden Winter-
manöver statt. Was keiner versteht, wir streiten uns trotzdem
darüber.
Hauptsache Hollywood, sagt das Mädchen, und sagt Vati zum
Regisseur. Zum Schluß war Churchill nur noch eine dicke Zi-
garre. Nebenan wohnt ein jüngeres Ehepaar – aber da bin ich
anderer Ansicht.

Die Tür schließen/ die Vorhänge schließen/ die Augen schlie-
ßen/ die Hose öffnen/ die Hand öffnen/ die Hand schließen/
das heißt von vorne.

Ich stecke den ganzen Kopf in die Hand. Ich bringe mit der Hand Bewegung in meinen Kopf. Ich stehe dahinter und erwärme meine Geschwindigkeit. Dort bin ich angewachsen.
: die Situation ist sogar so.
Ich habe Schwein. Ich mache es mir mit den Augen. Das ist normal. Das ist dann ein langsames Tempo. Und irgendwo am Horizont steht ein Soldat.

Im Badezimmer liegt das Gebüsch auf der Wiese. Ich spüre Handtücher im Mund. Es pfeift. Ich mache daran herum.

d)
Die Liebe zu der schwarzhaarigen Annette K. (31) aus Essen war einem Frankfurter Bankdirektor etwa eine Viertelmillion wert.

Spaßeshalber versuche ich es achtmal am Tag. Meiner Meinung nach entstehen dann überall Dinge.

Schulkinder finden im Gras einen gleichmäßigen Rhythmus. Frauen schwören mit einem harten Gegenstand. Das Mädchen gewöhnt sich rasch an seine Taschenlampe. Vögel haben Vorteile. Der Samstag könnte hinten etwas länger sein. Priester weinen, ohne jünger zu werden. Männer in kurzen Hosen erkennt man auf den Zehenspitzen. In den Kasernen wurde das Taschentuch erfunden. Pelzhändler prüfen die Qualität mit den Fingern. (1)
Mutter wird immer älter und riecht daran. Bayern München spielte in folgender Besetzung: Maier/ Kupferschmidt/ Pumm/ Olk/ Beckenbauer/ Schwarzenbeck/ Roth/ Ohlhauser/ Müller/ Starek/ Brenninger.
Naß; trocken; hoppla: mein Daumen tickt. Ich nehme den Zeitzünder und warte. Ich bin beispielsweise.

Daraufhin schließe ich blitzschnell die Tür. Ich entdecke ungefähr in der Mitte eine Faust. Sie paßt. Dann reagiere ich. Erst so, dann wie immer. Dort wiederhole ich mich am liebsten. Und überall entstehen Dinge.

Während die Sekretärinnen das Zimmer verlassen, schlagen die städtischen Beamten ihre Beine übereinander, beugen sich vor und hören damit nicht so schnell wieder auf. Fanatiker fan gen Feuer. »Was denkste denn so?« Aber das wird nicht gefilmt. Der letzte Schritt führt hinters Licht. Da wohnt die Hauptdarstellerin. Die Passanten bücken sich und machen einen Strich. Gastarbeiter sind in ihren Briefen zuhause. Die Polizei hat Angst, daß es nur so kracht. Sie sind blau angestrichen, manchmal sind sie auch grün angestrichen, je nachdem. (2)

Die Vorhänge schließen/ die Augen schließen/ die Hose öffnen/ die Hand öffnen/ die Hand schließen. Frieden: John Lennon leckt jetzt Yoko Ono am Arsch. Wir aber halten auf Sauberkeit.
: bei schöngeistigen Büchern gehört auch der Staub zum Inhalt.
Zuerst wird die Aufregung steif. Dann bleibt der Arm stehen. Dann weiß ich nie mit den Beinen wohin. Dann öffne ich wieder die Augen und schaue in den Spiegel. Dort ist der Höhepunkt noch höher.

Ich werde mich zu einer Herde ausbilden lassen. An jeder Ecke werde ich einen Hund anbinden. Das ist denkbar. Zur gleichen Zeit falle ich darauf herein. Es passiert. Milchglasscheiben, sagt der Psychiater; die Krankenkasse zahlt.

Wenn einer Bahnhof sagt oder Säbel oder Banane, kann das Schwanz bedeuten. Reklame bedeutet Schwanz. Holz bedeutet Schwanz. Postkarten bedeuten Schwanz. In einer Tiefe von 800 Metern gibt es Dinge, die nichts bedeuten.

In öffentlichen Pissoirs sind die Wände geteert. An den Wänden stehen einzelne Sätze. Neben den Sätzen stehen andere Sätze. Viele Sätze sind Zeichnungen. Vor den Zeichnungen stehen Männer und atmen den Teergeruch ein. Abfälle jucken auf der Haut. Augen werden zu Pulver. Morgen ist Feiertag. Es ist nicht sonderlich schwer, solche Frauen zu zeichnen.

Meine Privatsphäre ist bewaldet und meistens uneben. Ich werde nicht so schnell müde. Ich träume auf beiden Ohren. Ich greife zu und kaue. Ich bin insgesamt so gegen achtmal am Tag.
Vorsorglich lasse ich meine Phantasie hinten offen, damit die Kopfschmerzen vergehen. (16.00 Uhr)
Das Dreieck ist ein gewöhnlicher Gemütszustand. Ehekonflikte sind bei Frauen um 40 lebensgefährlich.

(Die allmähliche Entfernung von einem Gegenstand namens
L./ ich zitiere:)

e)
Seit meine Frau gelesen hat, wie das mit dem Orgasmus ist,
verlangt sie von mir mehr, als ich ihr geben kann. Sie kann
überhaupt nicht genug bekommen. Wenn ich nur daran denke,
kriege ich schon Angst, ich habe jetzt keine Lust mehr. Was
raten Sie einem Mann wie mir?
Das Wartezimmer ist überfüllt. Ich halte beide Hände unter
das warme Wasser und bewege die Finger, ich schneide mir
zuerst die Nägel, dann stecke ich das Hemd hoch, öffne den
Reißverschluß an der Hose, öffne das Hemd, ich beginne von
vorne. Wie sich das anhört mit nassen Händen wie. Innen
funktioniert die Wiese. So sehe ich aus. Ich sitze in der Mitte
und mache eine Frau unten und verschlucke mich und. Ich
verlagere mein Gewicht ganz nach außen. Die Füße stoppen
mich ab. Gut und gern. Das gibt es, daß ich mich wohlfühle,
daß ich mich auskenne und es ernst meine.

In den Dörfern ist die Nacht noch genau so dick wie früher.
Die Bauersfrauen haben einen ganzen Stall unten. Der Knecht
könnte ja ihr Sohn sein, sagen die Bauern, als es sich herum-
gesprochen hat. Da ist dann im Weizen ein kleines Bett. Da
ist das Gras plötzlich stellenweise aus Gummi. Da drückt der
Förster jedoch beide Augen zu, bevor er im Wald verschwin-
det. (3)

Ich wiederhole meine Dinge. Ich entstehe in meinen Wiederholungen. Am Haken hängen rote Waschlappen. Eine spanische Wand besitze ich nicht.

Ich laufe voll Wasser, halte die Luft an, stelle mir vor, mache
einen Mund, rieche nach Dorfteich, küsse die Kacheln vor
mir, spreize mich auseinander, höre da draußen ein Geräusch,
da platzt der Knoten, ich atme aus und sehe, wie sich harmlose
Enten zu einem romantischen Bild ordnen.

: ich muß oft; ich höre die mothers erfinden.

Schüchterne Mädchen träumen entweder links oder rechts,
aber nie gleichzeitig. Zuhälter haben blaue Abhörgeräte in den

Augen. Schlechte Zeiten beginnen meistens mit einem Denk-
mal.

(DEIN DING & MEIN DING); Dinge; Sätze;
dahinter beginnt die Nacht. Liebhaber kennen ihr Echo. In den
Korridoren der Irrenhäuser brennen Witze. Die Leute reden.
Früher war noch etwas. Der Mond heißt Schmidt. Lino besaß
nie ein Fahrrad. Tagsüber sitze ich in der ersten Reihe.

Rüppurr ist ein Dorf. Ich bin in einem Dorf aufgewachsen. Ich
erinnere mich sehr gut. Zum Geburtstag gab es Wollsocken.
Frau Schickling verkaufte Magermilch. Kiesinger hieß damals
noch Adenauer. Mit den Fingern wurde ich zuerst erwachsen.
74% aller Bundesbürger putzen sich nie die Zähne. 40% aller
Männer tragen ihre Unterhosen eine ganze Woche.

Ich hatte eine Großmutter in Plochingen. Sonntags mußte ich
mit den Eltern von Vorderlangenbach über Mittellangenbach
nach Hinterlangenbach wandern. In Mittellangenbach bestellte
Vater drei Suppen. Wir tranken Limonade. An den Wänden
der Gaststube lachten die ausgestopften Tiere. An guten Tagen
schafften wir es sogar bis hinüber nach Hundsbach. Dort lebt
einer, der heißt schon seit hundert Jahren Hugo. In dieser Gegend kommen die Bäuerinnen noch als Männer auf die Welt.

Ein Dorf ist ein deutscher Heimatfilm. Dörfer liegen heute entweder links oder rechts der Autobahn. Wir schauen am Dorf
hinauf zur Kirche, denn wir lieben diese schwarzen Gegenstände. Der Pfarrer betet kreuz und quer. Maria Schell wohnt
jetzt in Österreich. Dort gehört der Mond noch den Förstern.
Dort haben Männer einen Bart im Gedächtnis. Auch der Vorfilm ist ein Heimatfilm. Ich habe meinen Eintritt bezahlt.

Wenn es sei muß, sprechen die Politiker mit dem Maul. Alle
vier Jahre sind in diesem Land Wahlen. Alle vier Jahre also
werden die Dörfer aktuell. In Rüppurr ist die Luft ein großer
Haufen. Kiesinger läßt sich mit einem Jagdhund fotografieren.
Er bedankt sich und streut Resolutionen über das Getreide.

Nichts langweiliger als 25 Kühe. Jeden Abend säuft sich der
Knecht einen Knoten ins Gesicht. Im Heu gibt es viele Türen.
Die Magd kommt nur noch in Romanen vor. Haustiere haben
nichts mit Intimsphäre zu tun. Intimsphäre ist nicht neu. Früher gab es noch eine Intimsphäre.

Auf dem Land wird noch immer anständig gewählt. Links beginnt die Hölle. Das ist auf dem Land eben so üblich. In den Volksliedern geht die Sonne nicht unter. Der Schwarzwald wächst mitten durch unsere Wohnungen.

Alle Dorfgeschichten sind braun und rechteckig. Wir machen es uns gemütlich. Das Deutsche Fernsehen zeigt Dorfgeschichten deshalb in Farbe.

Einsiedler haben Verspätung. Auerhähne sterben aus. Singen zwingt zu guter Körperhaltung. Meine Großmutter starb in der Küche. Heute begnügt sich Vater mit einem Garten. Dieser Film reißt nicht.

Mit anderen Dörfern wäre vielleicht alles ganz anders gekommen, aber andere Dörfer gibt es nicht.
Mit anderen Bauern wäre vielleicht alles ganz anders gekommen, aber andere Bauern gibt es hier nicht.

Dörfer entstehen im Gleichschritt. Hinter den Zäunen hat sich eigentlich nichts geändert. Auf jeden Hirsch sind wir stolz. Bei schwarzen Gegenständen fangen wir immer an zu weinen. Nur die Misthaufen haben wir mittlerweile besser abgedeckt.

Die Kinobesucher schwitzen unter der Stirn. Sie geben den Ton an. Bonn ist ein Dorf. In Rüppurr gab es schon immer entschlossene Musiklehrerinnen.

Dieser Film hat Überlänge. Ich habe Angst. Außerdem funktioniert die Klimaanlage nicht richtig. Einigen Kinobesuchern wird es allmählich schwindlig. Auf der Leinwand ist kaum noch ein klares Bild zu erkennen. Wenn ich schreie, hört es keiner, der mir helfen könnte. Also versuche ich, den Arm auf die Lehne gestützt, die Politik im Nachbarort zu verstehen. Kiesinger spricht von der Ernte. Der Stier macht die Kühe optimistisch. Aber eines ist sicher: gegen meinen Schnupfen hilft kein Menthol.

Steine lassen sich nicht interpretieren. Sagt er. Bärte, auch das sind Schlupfwinkel. So sieht es aus. Der Blick aus dem Fenster gehört einer anderen Epoche an. Wir suchen nicht mehr nach sinkenden Schiffen am Horizont, die Dichter sterben wieder.

Nur die Angst, sie ist geblieben, die Angst vor Einbrechern, die Todesfälle, die Fingerabdrücke nach dem Verhör, die Sprichwörter.

Da haben wirs, sagen die Leute; auch sie sind geblieben. Die hohen Schenkel der Mannequins, die Geräusche beim Gedanken an Geräusche, die Maulwürfe. Jetzt zählen wir bereits den achten Himmel. Die Kerzen haben Strom. Wahrscheinlich dauern auch die Geigen nicht ewig.

Man überlegt. Johnny Walker kommt. Stühle machen den Kopf kaputt. So geht es uns allen.

Marylin Monroe zum Beispiel. Das ist schade. Sie drehte einige Filme, sie heiratete, aber was heißt das; später fand man sie und keiner war darauf gefaßt. Die letzten Fotos hatte sie mit Nagellack durchgestrichen.

Treue, das ist der Handschlag des Pfadfinders. Die Dämmerung, das ist die Kinokarte für die erste Reihe. Der Hoteldiener, das ist die Erinnerung an Hoteldiener in Fernsehfilmen. Der Samstag, das sind insgesamt 90 Spielminuten. München, das sind zwei große Fußballclubs. Berlin, das ist nur noch eine Redewendung. Literatur, das ist der Buchladen in der Innenstadt. Das Herz, das sind Herzschmerzen. Freizeit, das ist die Fortsetzung des Fortsetzungsromans.

Wieder der Mond; die Außenpolitik; die Frostgrenze; wieder Fahnen und Vorträge; die Anfälligkeit für Grippe, die Arbeit der Jugendverbände, der Geruch frischer Kartoffeln; alles wieder, wie wenn nichts gewesen wäre. Auch die breit angestrichenen Bibelstellen vererben sich von Generation zu Generation; Mutter hat dies begriffen, Vater kennt sie auswendig, wir zitieren sie manchmal, so zum Spaß. Lino besaß nie ein Fahrrad. Strohhüte/ Gleichgewichtsstörungen/ Eulen; darauf kommt es nicht an.

Für Halluzinationen bin ich völlig unempfindlich. Die Türen stehen offen, aber nicht den Türen mißtraue ich, sondern den Schlüsseln. Genitive sind Jugenderinnerungen. Hinter den Bäumen finde ich nicht mehr, was ich suche. Diese Spiele mit verbundenen Augen habe ich ohnehin immer verloren.

Soweit ist es schon. Ich besorge mir Streichhölzer. Ich finde, es brennt zu wenig. Das wirkt. Bei näherem Hinsehen entdecke ich überall Zäune. Hier also verbringe ich meine Zeit, jedes Holz ein Leisten, die Bedeutungen wechseln. Manchmal ist alles still, manchmal breche ich ein Stück aus dem Zaun; das muß sein. So korrigiere ich die überlieferten Zwischenräume.

Überhaupt, Streichhölzer sind praktisch. Man beobachtet mich. Ich überhöre die Klopfzeichen, das habe ich gelernt. Ich weiß, wie man ein Feuer legt. Auch die Zwischenräume führen nicht ins Freie.

Die Rentner sitzen am Tisch und erzählen davon. Die Wände sind mit Parolen beschmiert. Und die Frauen schauen immer noch aus dem Fenster und schauen, ob es was zu sehen gibt. So hat jeder seinen Spaß. Auf gehts. Hier heißen sie wieder Siegfried. Mach dir keine Hoffnungen. Du sagst Demokratie. Ich kenne Beispiele. Was zwischen den Zeilen steht, interessiert mich nicht. Da gelingt alles. Damit wird jeder fertig. Aber das meine ich nicht. Auch nicht die Selbstmordquoten oder die Vorträge oder die Entscheidungen. Meine Streichhölzer trage ich in der Tasche. Ich überprüfe die Zwischenräume.

Die Toilettenfrau bedankt sich. Sie kennt die Zeichnungen an den Wänden. »Ficken ist schön«. Sie ärgert sich darüber. Sie hat sich mittlerweile damit abgefunden. Die Wände werden regelmäßig übertüncht.

f)
Ein Freund schreibt:
»Meine Milchfrau fragte mich neulich, ob der Kerl mit den langen Haaren und den schmutzigen Fingern, den sie da aus meiner Wohnung kommen sah, etwa ein Freund von mir sei, etwa.«

1. Lektüre

Wie eine Trauergemeinde ihren Toten beerdigt, dieser Vorgang ist beschreibbar. Wie der Pfarrer eine Bibelstelle zitiert und auslegt, wie die Orgel den Gesang begleitet, wie der Sarg zur offenen Grabstelle hinausgetragen und schweigend von der Gemeinde, die sich vor allem angemessen herumgruppiert um die rechteckige Öffnung des Grabes, gefolgt wird, das kann man nachlesen. Wie sich die Angehörigen von dem Toten verabschieden und die Freunde nacheinander den Angehörigen kondolieren und die Angehörigen den Freunden wiederum dafür danken etc.; man glaubt das wahrscheinlich sogar: wer so beerdigt wird, stirbt nicht.

2. Pflegeverhalten

Die Grabpflege dokumentiert ja eingeschüchtert noch einmal, was als Familienpflege schon immer ganz selbstverständlich geübt wurde: die Liebe der Eltern wird von ihnen als Besitz geliebt.

3. Kränze

Die Eltern wollen, daß sich ihre Trauer für andere im Rückgriff auf das Geld wirklich bewahrheitet. Dieser Irrtum wird bei sogenannten repräsentativen Beerdigungen noch deutlicher.

4. Versuch einer Beerdigung eines Genossen

Die Eltern versuchten, ihren einzigen Sohn zu beerdigen. Seine Freunde versuchten, ihren Freund zu beerdigen. Offenbar hatten die Polizeibeamten der Landeshauptstadt Hannover den Auftrag, sich auf dem Friedhofsgelände möglichst unauffällig zu bewegen, das aber mißlang, sie bewegten sich unauffällig, man sah das. Fast könnte man sagen, die Poliezibeamten hatten in Zweiergruppen lediglich beide Arme wie gewohnt auf dem Rücken. Sie beobachteten, was geschah, aber es geschah nichts, was die bereitstehende Bereitschaftspolizei hätte alarmieren können. Die Trauerfeier fand in der Friedhofskapelle statt.

5. Frage

Wie verhalten sich Polizeibeamte, wenn kein Fluchtversuch vorliegt? Die Polizeibeamten verhielten sich so, als läge ein Fluchtversuch vor.

6. Dieser Vorgang läßt sich nicht beschreiben

Am 13. Februar verunglückte Hans Jürgen Krahl auf einer Landstraße in der Nähe des oberhessischen Städtchens Arolsen. Am 14. Februar berichtete die Tagesschau in der Sparte Kurznachrichten, daß der erst 27jährige Hans Jürgen Krahl, einer der prominentesten Ideologen des SDS, bei einem Autounfall tödlich verunglückt sei. Auf dem Ricklinger Gemeindefriedhof wurde Hans Jürgen Krahl am 20. Februar beerdigt. Seine Beerdigung mißlang.

7. Was heißt das?

Heißt das, daß die Bestattung bestimmter Personen nicht mehr durchführbar ist oder heißt das, daß eine bestimmte Bestattung von Personen nicht mehr durchführbar ist? Und wie müßte dann eine bestimmte Bestattung einer bestimmten Person aussehen? Wie läßt sich die Tatsache eines solchen Todes organisieren angesichts so vieler anderer, wirklich organisierter Tode, auf die gerade auch Hans Jürgen Krahl hingewiesen hat?

8. Prinzip

Die Ratlosigkeit solchen Veranstaltungen gegenüber soll weggetrauert werden auf so einem Friedhof. Unter freiem Himmel soll jedem beigebracht werden, worauf zum Beispiel *er* nicht angewiesen war. Die Erinnerung an einen Toten wird mißbraucht, weil er nur zum Beweis dessen dient, was sich sonst nicht beweisen läßt.

Das Opfer eines tragischen Verkehrsunfalls wurde zum Gegenstand lächerlicher Definitionen. Auf diese Weise sorgt der Staat für seine Toten staatserhaltend. Zwangsläufig vervollkommnet jeder Pfarrer jeden Toten zum Bild einer ganz anderen imaginären Hauptfigur.

Die Trauer war eine Trauerfeier.

9. Trauer

Daß es einen gibt, der etwas von Beerdigungen versteht, einen Pfarrer, der sich in dieser Sache auskennt, der sich beruflich ge-

wissermaßen darauf vorbereitet und auf diesem Gebiet weiter-
gebildet hat, machte diese Beerdigung theatralisch zum genau-
en Ritual eben jener bürgerlichen Gesellschaft, die Hans Jürgen Krahl politisch abzuschaffen versuchte.

10. Wiederholungen

Die Anwesenheit seiner politischen Freunde verdeutlichte, daß
eine Beerdigung tatsächlich nur die Veranstaltung vieler Beerdigungen sein kann, daß jede Trauerfeier die Trauer nur
wiederholt. Und die Eltern von Hans Jürgen Krahl wiederhol-
ten ihren Anspruch auf den Sohn noch einmal mit dieser Beerdigung, die zur Beleidigung wurde durch jenen Pfarrer, der
ihn würdigte.

11. Bitte sehr

Was auf den deutschen (und nicht nur dort) Friedhöfen (und
nicht nur dort) endlich einmal zu Grabe getragen werden müßte, wäre diese einseitige und staatlich so einwandfreie Tradition
der Trauer.

12. Was heißt das?

Auf den deutschen Friedhöfen wird zwar individuell geweint,
aber kollektiv getrauert. Hier wird alles über jenen Kamm ge-
schoren, der an Gottes langen Bart erinnert. An unseren Toten
gelingt leider noch, was an uns Lebenden immer weniger zu
gelingen scheint: daß man sich solche Verwechslungen wehr-
los gefallen lassen muß. Über unsere Toten wird hier in einem
Sinn verfügt, der sich restlos überhaupt nicht wegtrauern läßt,
mögen die Veranstalter dieser Veranstaltung noch so ge-
schmackvoll, noch so fachmännisch auf die Sinnlosigkeit, die
sie leugnen, zu sprechen kommen. Welcher Verdacht entsteht
dabei?

13. Gewalt

Die tägliche Erfahrung der Alltäglichkeit des Todes wider-
spricht dem Vorrat an persönlicher Trauerbehandlung, die den
Tod pompös zum Gegensatz des Lebens stilisiert. Und das ist
Absicht: denn immerhin könnten diese Erfahrungen gefährlich werden, die Trauer könnte in Anbetracht dieser Wider-
sprüche handgreiflich umschlagen, zuerst in Entrüstung, und
schließlich in das, was sich daraus folgern läßt.

14. Kalkulation

Wie eine Trauergemeinde ihren Toten beerdigt, dieser Vorgang ist als ein politischer Vorgang beschreibbar: wie hier Gefühle erzeugt werden zugunsten derer, die genau wissen, wie
man Gefühle erzeugt und warum man das tut, wer hier das
letzte Wort hat und was das heißt, wessen Prophetie sich hier
und anderswo praktisch realisiert und das allerdings heißt: hier
wird Trost ausgesprochen, für was? Das Leben soll natürlich
weitergehen, aber nur auf diese eine Weise der Ergebenheit.
Am Beispiel so eines Toten werden die Lebenden, je nach Kon-
fession, über ein Leben der Vertröstungen instruiert. Auf Hans
Jürgen Krahl angewandt: ein Musterbeispiel.

15. Nachtrag

Und plötzlich begreift man, was geschehen könnte, würden
sich aus unseren täglichen Erfahrungen irgendwann auch ent-
sprechend alltägliche Gewohnheiten ergeben. Insofern war die
Anwesenheit von Polizeibeamten auf dem Gemeindefriedhof
Ricklingen wirklich aufschlußreich.

Wolf Wondratschek
im Diogenes Verlag

Früher begann der Tag mit einer Schußwunde
und
Ein Bauer zeugt mit einer Bäuerin einen
Bauernjungen, der unbedingt Knecht
werden will

detebe 21689

Die beiden ersten, längst legendären Bücher Wolf
Wondratscheks in einem Band.

»Wondratschek hat aktuelle Verhältnisse und Zusammenhänge benannt und verdeutlicht und auch (oft in-
direkt) denunziert... Während andere lautstark prote-
stierten, zog es Wondratschek vor, sich zu beklagen
und zu beschweren. Und wenn sich in den sehr unter-
schiedlichen Prosastücken ein zentrales Motiv aus-
machen läßt, dann ist es das uralte und nie überholte –
das vom verfehlten Leben.«
Marcel Reich-Ranicki / Frankfurter Allgemeine

Menschen Orte Fäuste

Reportagen und Stories
Broschur

»Immer sind es Einzelgänger, die Wondratschek be-
schreibt, den ›Mann, der das totale Empfinden sucht‹,
immer schwingt ein Hauch ›Spiel mir das Lied vom
Tod‹ mit, immer ist auch das Bedauern eingemischt,
daß die Welt nicht mehr so ist wie zu der Zeit, als
Humphrey Bogart noch lebte.«
Ludwig Harig / Die Zeit, Hamburg

»Wenn ein Dichter und ein Boxer aufeinandertreffen,
ist es der Dichter, der die klägliche Figur macht – sollte
man meinen. Daß es am Ende auch anders gehen kann,

zeigt Wondratschek. Der Dichter und der Boxer – eine tragikomische Episode aus dem Endlos-Drama »Verlierer unter sich«. Wolf Wondratschek erzählt sie – nicht ohne Selbstironie – in einer seiner Reportagen aus den Halbwelten des Boxens und der Literatur. Sie berichten von glücklosen Champions und wütenden Underdogs, von bitteren Siegen und triumphalen Niederlagen.« *Der Spiegel, Hamburg*

»Ob Boxer oder Schriftsteller, die Strich-Transvestiten von der Pigalle oder schlicht eine Handvoll Rockmusiker in einem Plattenstudio – immer sind es Einzelgänger, Einzelkämpfer, Außenseiter, die der Lyriker präzise porträtiert.«
Walter H. Schünemann/Stern, Hamburg

»Von Roswitha Hecke mit kongenialer Eigenwilligkeit illustriert, provoziert der neue Wondratschek-Reader durch schamlose Menschenliebe und Galgenhumor.« *buch aktuell*

Carmen oder bin ich das Arschloch der achtziger Jahre
Broschur

»Ein einziges, langes, oft hinreißend schönes und bewegendes Liebesgedicht.« *Die Zeit, Hamburg*

»Es ist faszinierend, wie der Autor seine Leidenschaft für Carmen, das geheimnisumwitterte Urweib, gegen seine feministischen Widersacherinnen verteidigt.« *tz, München.*

»Unerhört packend, ein Sittengemälde nicht nur der achtziger Jahre, in einer tollen Sprache mit tollen Bildern.« *Die Welt, Hamburg*

»Eine Geschichte von mitreißender Sprachkraft. Annähernd tausend sehr sinnliche Sätze, ein Wechselbad liebender Wortströme und gekonnter Hiebe. Die köst-

liche Wortwildnis dieses höchst amüsanten Dichters mündet zum Glück des Lesers gar oft in poetische Erkenntnisse der Extraklasse. Sollten Sie irgendwo einen Lesenden entdecken, der dauernd Sätze abküßt – es muß sich um Wondratscheks *Carmen* handeln.«
Titel, München

Die Einsamkeit der Männer

Mexikanische Sonette (Lowry-Lieder)
detebe 21340

»Ein Gedichtzyklus über Liebe und Leidenschaft, über die Einsamkeit eines Macho in Mexiko: Die 31 Sonette folgen thematisch dem Roman *Unter dem Vulkan* von Malcolm Lowry, der darin seine eigene Geschichte schildert: Ein Trinker zerbricht an einer starken Frau. Da lodern die Feuer der Leidenschaft! Kein Wunder, daß Wondratschek eine so magische Wirkung auf Leserinnen ausübt.« *Vogue, München*

»Seine Gedichte sind, jenseits all der sozialromantischen Lyrik seiner dichtenden Altersgeneration, wie Schüsse in ein Herz, das für die starken Dinge des Lebens schlägt.« *Frankfurter Neue Presse*

Philippe Djian
im Diogenes Verlag

Verraten und verkauft
Roman. Aus dem Französischen von
Michael Mosblech. Leinen

»So wie die ägyptischen Fellachen in qualvoller Unge-
duld auf das lebensspendende Hochwasser des Nils
warten, leben Philippe Djians Helden in Erwartung
der Überschwemmung: das Eindringen der Frau in ihr
ausgepolstertes Universum: der Frau schlechthin,
großartig, hinreißend, zerstörerisch, jener Frau, die
nicht eher ruht, bis die brüchigen Schutzwälle ausein-
anderbrechen, die die unglücklichen Helden zwischen
sich und dem Leben aufgerichtet haben.«
Pflasterstrand, Frankfurt

»Djians Bücher zeichnet aus, was den meisten preis-
gekrönten französischen Romanen der letzten Jahre
fehlt: eine lebendige, gegenwartsbewußte Sprache und
ein Erzählstil, der das flirrige Lebensgefühl einer jün-
geren Generation transportiert, die sich zwischen Aus-
wegslosigkeit und Alltagspoesie neue Überlebens-
strategien sucht. Und dieser flippige, alle Extreme aus-
lotende Charme von Djians Sprache kommt in der
gelungenen deutschen Übersetzung von Michael Mosblech auch zum Ausdruck.« *Frankfurter Rundschau*

Betty Blue
37,2° am Morgen
Roman. Aus dem Französischen von
Michael Mosblech. detebe 21671

Die Geschichte einer buchstäblich wahnsinnigen
Liebe.

»Wirklich bemerkenswert ist, mit welch stilistischer
Sicherheit Philippe Djian diese Story vor dem Absturz
in Gefühlskitsch oder Beziehungskisten-Knatsch be-

wahrt. Alles geschieht wie selbstverständlich, vorwärtsgetrieben von einer Atmosphäre nervöser Spannung, die Djian ganz konzentriert und doch wie beiläufig aufbaut. Ein Roman wie flirrende Saxophon-Klänge in der Nacht.«
Hessischer Rundfunk, Frankfurt

»Der Rolls-Royce unter den Neuerscheinungen der letzten Zeit, zumindest für Leute, die was von Literatur verstehen. So berauschend kann der Alltag sein in seiner ganzen Tristesse.« *Pin Board, Düsseldorf*

»Betty Blue als Film in den Kinos: auch wenn Beineix die Regie führt, kein Bild kann dieses Buch ersetzen.«
Szene Hamburg

»Für jemanden, der verrückte und besessene Liebesgeschichten mag, eine Pflichtlektüre.« *Wienerin*

Erogene Zone

Roman. Aus dem Französischen von
Michael Mosblech. Leinen

Niemand kann eine Frau lieben und gleichzeitig einen Roman schreiben. Soll heißen: einen *wirklichen* Roman schreiben, eine Frau *wirklich* lieben. Philippe Djian hat es versucht. Und ist um ein paar Illusionen ärmer geworden. Dafür ist er einem leicht perversen, ziemlich intelligenten Mädchen begegnet. Er hat (wenig) gegessen. Er hat (viel, vor allem Bier) getrunken. Sich Joints gedreht. Musik gehört. Gelesen und gelesen. Er ist dem Geld nachgerannt, den Frauen, den Wörtern. Er hat sein Bestes gegeben. Er hat ein Buch geschrieben. Ungekünstelt, unprätentiös hat er das Unbeschreibliche beschrieben. Das Leben. In all seiner Derbheit, Schlichtheit und Hoffnungslosigkeit. Einfach großartig.

»Djian schreibt glasklar und in einem Tempo, dem ältere Herren wie Grass und Walser schon längst durch Herzinfarkt erlegen wären.« *Plärrer, Nürnberg*

Ian McEwan
im Diogenes Verlag

Ein Kind zur Zeit
Roman. Aus dem Englischen
von Otto Bayer. Leinen

McEwans dritter Roman ist eine politische Erzählung über eine Welt, in der Bettler Lizenzen haben und Eltern darüber aufgeklärt werden, daß Kindsein eine Krankheit ist und mit größter Disziplin behandelt werden muß. Er ist aber auch eine subtile Ergründung von Zeit, Zeitlosigkeit, Veränderung und Alter.

»McEwans unfehlbare Prosa und seine beinahe göttlichen Bewußtseinskräfte haben ihn zu einem der besten britischen Autoren gemacht. Mit seinem lebensbejahenden, einfühlsamen, ereignisreichen neuen Roman schafft er, ohne sentimental zu werden, eine Brücke zwischen persönlichem, in sich gekehrtem Schmerz und öffentlicher Verantwortung. Sein Humor ist nie nur zeitgemäß. Man sollte sich nicht schämen, dieses Buch nur zu lesen um sich, in jeder Beziehung, entwaffnen zu lassen.« *The Times, London*

»Kein Zweifel: McEwans bisher bester Roman.«
The Spectator, London

Der Zementgarten
Roman. Deutsch von Christian Enzensberger
detebe 206480

Ein Kindertraum wird Wirklichkeit: Papa ist tot, Mama stirbt und wird, damit keiner was merkt, einzementiert, und die vier Kinder haben das große Haus in den großen Ferien für sich. Im Laufe des drückend heißen, unwirklichen Sommers kapselt sich die Gemeinschaft mehr und mehr gegen die Außenwelt ab, und keiner merkt, daß etwas faul ist.

»Das ist McEwans Kunst: die sachliche Berichterstattung über Groteskes und Absurdes, die Fähigkeit, aus dem Rahmen Fallendes als Gewöhnliches erscheinen zu lassen durch die Gleichgültigkeit und Beiläufigkeit des Erzählens.« *The Times Literary Supplement*

Erste Liebe – letzte Riten

Erzählungen. Deutsch von Harry Rowohlt
detebe 20964

»Die Mehrzahl dieser Geschichten handelt von Jugendlichen und davon, wie sie von der Welt der Erwachsenen verdorben werden. Die Unschuld der Pubertät wird weniger verloren als zerschmettert... Nichts für Zimperliche, aber dieser Stil hat eine lakonische Brillanz, die Bände – andeutet. Nichts wird ausgesprochen, alles wird angetippt.«
Peter Lewis / Daily Mail, London

»Das brillante Debüt des hoffnungsvollsten Autors weit und breit.« *A. Alvarez / The Observer, London*

Zwischen den Laken

Erzählungen. Deutsch von Michael Walter,
Christian Enzensberger und Wulf Teichmann
detebe 21084

»Noch in der erbärmlichsten, entfremdetsten Beziehung finden sich Spuren wirklicher Liebe und des wirklichen menschlichen Bedürfnisses, zu lieben und geliebt zu werden.«
Jörg Drews / Süddeutsche Zeitung, München

»Präzis, zärtlich, komisch, sinnlich – und beunruhigend.« *Myrna Blumenberg / The Times*

»Die sieben Erzählungen sind gegenwartsnah, ein wenig Beckett verpflichtet und etwas Nabokov, aber auch H. G. Wells und George Orwell.«
The New York Times Book Review

Oder müssen wir sterben?

Ein Oratorium. Deutsch von Christian Enzensberger
detebe 21212

»Ian McEwans Prämissen ähneln denen von Manès Sperber, doch seine Folgerungen sind andere, mir sympathischere, allerdings auch utopischere. McEwan fordert keine dritte Atommacht Westeuropa, vielmehr versucht er anhand der Entwicklung der Naturwissenschaften zu zeigen, daß seine Hoffnung auf ein anderes Menschenbild begründbar ist.« *tip, Berlin*

Der Trost von Fremden

Roman. Deutsch von Michael Walter
detebe 21266

Hochsommer, die alte Stadt ist von Touristen überschwemmt. Auch das Liebespaar Colin und Mary, das kein Liebespaar mehr ist, macht hier Urlaub. Sie machen sich sorgfältig zurecht für ihren Dinnerspaziergang durch die Stadt: sie parfümieren sich mit teurem Eau de Cologne, mit peinlicher Sorgfalt wählen sie ihre Garderobe... und dann lauert im Labyrinth der beklemmend engen Gassen ein Minotaurus auf sie. Die Kanäle haben Gegenströmungen, die Lagune ungeahnte Tiefen.

»*Der Trost von Fremden* ist ein irritierendes, atmosphärisch dichtes kleines Meisterwerk.«
Neue Zürcher Zeitung

»Ein exzellenter, tückischer Roman.«
Die Weltwoche, Zürich

Andrea De Carlo
im Diogenes Verlag

Macno

Roman. Deutsch von Renate Heimbucher-Bengs
Leinen

»Macno, einst Talkmaster im staatlichen Fernsehen, hat sich über Einschaltquoten zum Diktator befördert. Ausgehend von einer konventionellen Kritik an der Allmacht des Fernsehens nimmt der Autor die Idee auf und überdreht sie ohne Hemmungen, bis am Ende eine schrille Geschichte steht, die dennoch verblüffend wirklich klingt. Die gedankliche Abenteuerlust De Carlos hat eine Geschichte hervorgebracht, an die sich deutsche Autoren selbst in zehn Jahren noch nicht herangetraut hätten.« *Tempo, Hamburg*

Yucatan

Roman. Deutsch von Jürgen Bauer
Leinen

»Der Roman spielt auf mehreren Ebenen: der topographischen Ebene einer Reise nach Mexiko, der psychologischen einer Selbstfindung des Helden, der ideologischen einer Gegenüberstellung verschiedener Lebenshaltungen. Obwohl das Magische immer wieder in die Geschichte hineinspielt, dominiert es sie nicht. Man kann *Yucatan* auch als Reisebericht lesen. Dies um so mehr, als sich der gleichsam photographische Blick, mit dem der Verfasser gewisse Aspekte des amerikanischen Lebens wahrnimmt, seit der Veröffentlichung seiner Erzählungen *Creamtrain* (1985) und *Macno* (1987) womöglich noch geschärft hat. Bemerkenswert ist nicht nur die Präzision, sondern auch die Wertfreiheit seiner Beschreibungen. Der Verzicht auf die Attitüden eines schöngeistigen Antiamerikanismus versetzt De Carlo in die Lage, ohne Zorn und Eifer bestimmte zeitgenössische Phänomene zu regi-

strieren, die ihren Ursprung auf der anderen Seite des Atlantik gehabt haben mögen, aber nicht auf Amerika beschränkt geblieben sind. Dank seiner Fähigkeit zur Nuancierung erkennt man jedenfalls in *Yucatan* überall die Wirklichkeit wieder, in der wir leben.«
Frankfurter Allgemeine Zeitung

Creamtrain

Roman. Deutsch von Burkhart Kroeber
detebe 21563

»Kritisch äußert sich Andrea De Carlo über seine Erfahrungen in Amerika, die er sich in seinem ersten Roman *Creamtrain* vom Leibe geschrieben hat. Mit diesem Buch, dessen Manuskript sein Sponsor und Lektor Italo Calvino betreute, wurde Andrea De Carlo auf Anhieb zum meistversprechenden literarischen Debütanten.« *Sender Freies Berlin*

»*Creamtrain* ist ein perfektes Buch, sehr gut geschrieben, sehr gut zu lesen. Macht Spaß. Unterhält. Ist cool. Stimmig. Kein Wunsch bleibt offen.«
Der Falter, Wien

Vögel in Käfigen und Volieren

Roman. Aus dem Italienischen von
Burkhart Kroeber. detebe 21386

»Eines Tages wird Fjodor Barna, der Held des Romans, aus seiner Ich-Befangenheit herausgerissen, in seinem scheinbaren Stoizismus irritiert durch die Liebe zu dem ebenso schönen wie unberechenbaren Mädchen Malaidina, dessen Anblick ihm das ›Blut verkehrt herum kreisen‹ läßt; und wenn man in Fjodor einen späten Nachfahren von J. D. Salingers Holden Caulfield sehen zu können meint, könnte Malaidina eine Nachfahrin von Holly Golightly aus Truman Capotes *Frühstück bei Tiffany* sein.«
Frankfurter Allgemeine Zeitung

»Was Andrea De Carlo in seinem Roman ›Vögel in Käfigen und Volieren‹ unternommen hat, ist nichts weniger als die erzählerische Bearbeitung eines der zentralen politischen Themen der zweiten Jahrhunderthälfte, jener merkwürdig imaginäre Krieg, den insbesondere junge Menschen gegen die ›Macht‹, gegen ›das System‹ anzuzetteln versuchten...«   *Michael Rutschky*

»Atemlos gelebt, atemlos gelesen. Ein Italiener macht deutschen Romanciers Tempovorgaben. Dabei entstand eine neue Gattung: der Liebeskrimi. Das alles in einer Sprache, die nicht lange in sich verweilt, aber dennoch fotografisch genau ist. Ein wildes Buch.«
Szene Hamburg

Jakob Arjouni
im Diogenes Verlag

Happy birthday, Türke!
Roman. detebe 21544

»Privatdetektiv Kemal Kayankaya ist der deutsch-tür-
kische Doppelgänger von Phil Marlowe, dem großen,
traurigen Kollegen von der Westcoast. Nur weniger
elegisch und immerhin so genial abgemalt, daß man
kaum aufhören kann zu lesen, bis man endlich weiß,
wer nun wen erstochen hat und warum und überhaupt.
Kayankaya haut und schnüffelt sich durch die häßliche
Stadt am Main, daß es nur so eine schwarze Freude ist.
Als in Frankfurt aufgewachsener Türke mit deutschem
Paß lotst er seine Leserschaft zwei Tage und Nächte
durch das Frankfurter Bahnhofsmilieu, von den Post-
packern zu den Loddels und ihren Damen bis zur kor-
rupten Polizei und einer türkischen Familie.
Daß *Happy birthday, Türke!* trotzdem mehr ist als ein
Remake, liegt nicht nur am eindeutig hessischen Groß-
stadtmilieu, sondern auch an den bunteren Bildern,
den ganz eigenen Gedankensaltos und der Besonder-
heit der Geschichte. Wer nur nachschreibt, kann nicht
so spannend und prall erzählen.«
Hamburger Rundschau

»Jakob Arjouni: mit 23 der jüngste und schärfste Krimi-
schreiber Deutschlands!« *Wiener*

»Kemal Kayankaya, der zerknitterte, ständig verka-
terte Held in Arjounis Romanen *Happy birthday,
Türke!* und *Mehr Bier* ist ein würdiger Enkel der über-
mächtigen Großväter Philip Marlowe und Sam Spade.
Jakob Arjouni strebt mit Vehemenz nach dem deutschen Meistertitel im Krimi-Schwergewicht, der durch
Jörg Fausers Tod auf der Autobahn vakant geworden
ist.« *Stern, Hamburg*

Mehr Bier

Roman. detebe 21545

Vier Mitglieder der ›Ökologischen Front‹ sind wegen Mordes an dem Vorstandsvorsitzenden der ›Rhein-mainfarben-Werke‹ angeklagt. Zwar geben die vier zu, in der fraglichen Nacht einen Sprengstoffanschlag verübt zu haben, sie bestreiten aber jegliche Verbindung mit dem Mord. Nach Zeugenaussagen waren an dem Anschlag fünf Personen beteiligt, aber von dem fünften Mann fehlt jede Spur. Der Verteidiger der Angeklagten beauftragt den Privatdetektiv Kemal Kayankaya mit der Suche nach dem fünften Mann…

»Er ist noch keine fünfundzwanzig Jahre alt und hat bereits zwei Kriminalromane geschrieben, die mit zu dem Besten gehören, was in den letzten Jahren in deutscher Sprache in diesem Genre geleistet wurde. Er ist ein Unterhaltungsschriftsteller und dennoch ein Stilist. Die Rede ist von einem außerordentlichen Début eines ungewöhnlich begabten Krimiautors: Jakob Arjouni. Verglichen wurde er bereits mit Raymond Chandler und Dashiell Hammett, den verehrungswürdigsten Autoren dieses Genres. Zu Recht. Arjouni hat Geschichten von Mord und Totschlag zu erzählen, aber auch von deren Ursachen, der Korruption durch Macht und Geld, und er tut dies knapp, amüsant und mit bösem Witz. Seine auf das Nötigste abgemagerten Sätze fassen viel von dieser schmutzigen Wirklichkeit.« *Klaus Siblewski / Neue Zürcher Zeitung*

So gekonnt und erfrischend frech und doch gleichzeitig ganz eigenständig wie Jakob Arjouni hat noch kein deutschsprachiger Autor den großen amerikanischen Vorbildern Hammett und Chandler seine Reverenz erwiesen.

Doris Dörrie
im Diogenes Verlag

*Liebe, Schmerz und
das ganze verdammte Zeug*
Geschichten. Leinen

Vier Geschichten von Doris Dörrie, großartige, liebe-
volle, traurige, grausame Geschichten: *Mitten ins
Herz, Männer, Geld, Paradies*. Es sind Geschichten,
aus denen Doris Dörrie ihre Filme entwickelt, von denen *Männer* der weltweit erfolgreichste deutsche Film
seit Jahrzehnten wurde. Geschichten um eine Kind-
frau, um Liebe und Langeweile, um Eifersucht, Geld
und Erfolg. Geschichten von befreiender Frische.

»Ihre Filme entstehen aus ihren Geschichten.«
Village Voice, New York

»... ohne stilistische Bedenken, theoretische Skrupel
oder methodische Zweifel. Doch lesen wir sie mit einer
Begeisterung wie ein belletristisches Debüt schon
lange nicht mehr.«
Jens Jessen / Frankfurter Allgemeine Zeitung